La Duchesse de Planoise
et ses mignardises

Félipé Caceres Munoz S.

La Duchesse de Planoise

et ses mignardises

Nouvelles

© 2023 Félipé CACERES MUNOZ S.
Édition : BoD – Books on Demand, info@bod.fr
Impression : BoD – Books on Demand, In de Tarpen 42, Norderstedt
(Allemagne)
Impression à la demande
ISBN : 978-2-3225-0531-9
Dépôt légal : Février 2024

Joindre l'auteur : felipecaceresmunozs@gmail.com

Partie 1

La Duchesse de Planoise

Celui qui désespère des évènements est un lâche, mais celui qui espère en la condition humaine est un fou.

Albert CAMUS

[1]

La dure vérité, c'est que le quartier de Besançon où elle avait grandi ne ressemblait plus vraiment à ce qu'elle en avait connu. Planoise dans les années soixante-dix ça s'appelait la ZUP, Planoise un demi-siècle plus tard ça s'appelait Planoise, point. Ça sonnait comme une signature, un style, une marque. Vivre à Planoise, ce curieux quartier où Diane avait passé son enfance, c'était cohabiter avec des camés, des proxénètes, de malheureuses filles rebaptisées putes, et, toutes sortes d'emmerdes aussi. Une fois votre identité et votre profession vérifiées, une petite enquête sur vos proches réalisée, toute suspicion de connexion avec la flicaille écartée, vous pouviez accéder à de nombreux points de vente. Acheter un SIG-Sauer pour quatre cents balles, une kalachnikov pour sept cent, choper de faux papiers, passeport, permis, diplômes, attestations en tout genre (assurances, travail, CAF, Pôle Emploi)... Tout ce que vous vouliez. Et même, avec un peu de patience et beaucoup de connerie, décrocher un petit boulot : conditionneur, livreur, commercial. Au black bien sûr, mais avec des avantages en nature, des échantillons gratuits ; et surtout, la joie de travailler en équipe ! Tout devenait possible, accessible, tout ça dans une belle ambiance familiale. Et comme dans toute famille éclate parfois la dispute, il pouvait aussi vous arriver de finir à poil sous des feuilles mortes dans un bois avec une balle dans la tête et le corps carbonisé. Un style plutôt efficace, du benchmarking comme on dit, directement inspiré des modèles développés dans les grandes écoles des quartiers nord de Marseille, Lyon, Saint Denis. L'école égalitaire pour tous ? Et comment ! Dès treize ans et sans condition d'appartenance sociale, possibilité d'évoluer rapidement et d'exécuter quelqu'un comme les grands. *The world is yours.*

*

Comme tout le monde, Diane avait eu des parents et comme tout le monde, ses parents n'avaient pas voulu être comme tout le monde. Ils avaient préféré se sentir au-dessus des autres, être vus aussi importants qu'ils se voyaient eux-mêmes. Le père était pharmacien, la mère enseignante. Maman avait un peu étudié, pas trop, jusqu'au DEUG, mais à l'époque ça lui avait suffi pour décrocher un poste dans l'école primaire de ce quartier pauvre où beaucoup d'enseignants ne voulaient pas aller. Ça ne l'empêcha pas de se prendre pour quelqu'un, une sorte de précieuse ridicule des temps modernes. Papa installa son officine dans le même secteur, Madame l'avait décidé. Un mal pour un bien car il s'y trouvait pléthore de logements sociaux, donc beaucoup de personnes âgées et handicapées. C'était bon pour les affaires. Cerise sur le cake, l'immobilier n'y était pas cher, car les programmes de "mixité sociale", expression n'ayant jamais quitté la bouche des élus locaux depuis, badigeonnaient copieusement les tartines de subventions régionales que les promoteurs immobiliers touchaient. Très vite, un peu comme l'affaire des borgnes au pays des aveugles, la famille Delias, propriétaire pour trois fois rien au pays des locataires, se peignit une image d'elle-même, dix-huit carats sur fond bleu roi, niaisement discordante avec les couleurs locales. Et c'est ainsi que la petite Diane, petite et bien portante, reçut son éducation, dans cette atmosphère saturée de vanité sociale et d'auto-satisfaction suprême.

Le grand-père, côté paternel, avait planté des patates, et la famille qu'il laissait derrière lui ne risquait pas de récolter des fraises. Immigré économique, il n'avait pas longtemps hésité quand on lui proposa de travailler dans une usine de fabrication d'armes destinées à l'Allemagne nazie du milieu du XXe siècle. L'activité de l'usine, la destination de la production, il connaissait tout ça parfaitement. Et il n'en était pas vraiment fier. Mais à l'époque, l'envie de fonder sa famille l'emporta sur celle de réfléchir à l'éthique. Rien de bon ne pousserait jamais sous la semelle trouée de ses pompes puantes. Mais ça, à l'époque, il ne pouvait que l'ignorer.

S'il en est un en revanche qui n'allait pas tarder à s'en rendre compte, c'était Louis. Ah Louis, cinquante-deux ans, alcoolique de la police nationale, en arrêt maladie depuis plusieurs mois, grand-père depuis quinze jours d'une petite fille prématurée. Hélas pour lui, son histoire familiale ne valait guère mieux que celle précédemment décrite. C'est fou ce que les odeurs de merde peuvent attirer comme quantité de mouches ! Louis traînait des casseroles lui aussi. Il n'était peut-être pas responsable des turpitudes de ses ancêtres, mais le fait est qu'il avait également de la noirceur génétique dans le sang.

Quoi qu'il en soit, il ne nous échappera pas une grande évidence dans l'histoire qui va suivre : c'est que la Providence, ce bailleur de fonds aux racines parfois sombres – et qui ne laisse jamais passer aucune créance en matière d'éthique successorale – savait très bien qu'en envoyant ces deux-là au même endroit, ce soir du vingt-trois décembre, ils n'avaient aucune chance de se louper.

**

[2]

La petite allait bien. Les résultats étaient bons et enfin elle prenait du poids. Sa fille aussi allait bien. Alors, Louis décida de sortir un peu. Toute cette pression, il fallait bien l'évacuer d'une manière ou d'une autre.

La première proposition qu'il trouva sur Internet fit l'affaire. C'était une soirée Blind-test, une découverte, car il n'avait encore jamais participé à une sortie de ce type. Et surtout, tout était complet pour les autres sorties. Normal, Noël approchait. Quatre mecs, quatre filles, pour l'équilibre, plutôt pas mal. La première de ces dames n'avait pas mis sa photo, quant à son pseudo, Duchesse, elle aurait mieux fait de ne rien mettre non plus. Une seconde avait l'air dépressive. La troisième en revanche lui parut plutôt pas mal, mais avec une réserve : son âge... À voir. La quatrième portait des lunettes de soleil, un bonnet et une écharpe ; pas facile de se rendre compte. Quant aux mecs, la tronche qu'ils pouvaient avoir, Louis s'en foutait un peu ; dans ce genre de sortie, même si le site affiche que ce n'est pas un site de rencontre, l'idée de faire rentrer une femme dans son lit est quoi qu'on en dise plus développée que celle de se faire de nouveaux potes. Et à cinquante-deux ans, les copains, c'est moins important qu'à vingt. Du moins c'est ce qu'il pensait.

Vint la soirée. C'était un troquet associatif : Le Café Cabord. Louis pensa d'abord à un jeu de mots, "Le Café c'est à bord", mais la suite révélera qu'il se trompait lourdement. Ne connaissant encore personne, il décida d'attendre prudemment devant l'entrée. En Franche-Comté, quand tu ne connais personne et que tu découvres une nouvelle adresse, il vaut mieux être prudent. Pas avec les inconnus, mais toi en tant qu'inconnu. La nuance est subtile mais nous allons découvrir qu'elle n'en demeure pas moins importante. Une première femme apparut, grande, bien coiffée. Louis la salua sans obtenir de réponse. Un classique, une coutume en quelque sorte. *Super ambiance*, pensa-t-il en se mordant la lèvre inférieure. Il alla pour chercher une bonne raison de rester lorsque la femme marqua une pause devant l'entrée. Louis osa une seconde tentative, elle était peut-être du groupe après tout.

— Bonsoir, insista-t-il d'un air inquiet.

La femme se retourna et le scruta de la tête aux pieds. Il portait des chaussures de ville, alors elle lui répondit. L'ambiance montait. Pour un peu, ils se trouvaient sympathiques.

Lorsque le groupe fut au complet, Louis comprit que la participante sans photo, "Duchesse", c'était-elle : celle à qui il avait parlé dehors. Elle s'appelait Diane, elle avait cinquante-trois ans, et elle en paraissait moins.

La soirée passa. Diane et Louis s'échangèrent de nombreux regards, ils se plaisaient, ça crevait les yeux. Au deuxième verre d'eau pétillante, elle lui enseigna que les cabords consistaient « en de petites maisons de berger qui... » Louis s'en carrait l'oignon et trouva plus intéressant de lui faire partager l'astucieux jeu de mots qu'il avait cru détecter dans le nom de l'enseigne. Mais rapidement, il nota que Diane ne pigea pas à quel point son explication était plus drôle que la sienne vraiment pompeuse. *Peut-être n'avait-elle pas le niveau requis pour comprendre ?* s'était-il dit. *Mais qu'est-ce qu'elle était jolie !* Lui aussi, il lui plaisait, et elle ne faisait rien pour le lui cacher, à sourire comme ça. Pour autant elle souriait à tout le monde, même à la table basse ; et toujours de la même façon. Mais ça, Louis ne le vit pas. D'ailleurs, n'étant pas à l'eau pétillante, il loupa plein d'autres choses.

Dès le lendemain, il décida de retourner sur le site pour lui envoyer un message, elle méritait d'être remerciée, il l'inviterait au cinéma. Diane Delias lui répondit dans le quart d'heure qui suivit.

Comme à l'accoutumée, l'idylle de Louis démarra sur les chapeaux de roues.

* * *

[3]

La nuit tombait sur le vingt-cinq décembre et son atmosphère festive. Deux jours (incroyablement longs) avaient passé depuis la première rencontre avec la belle Diane Delias. Par un froid à faire frissonner les arbres, Louis poireautait sous une ribambelle d'affiches de cinéma qui lui tartinaient la tête de lumières crues ; une tête à avoir décroché le gros lot, comme on dit. Les pognes enfouies dans les poches de son jean, il cherchait un peu de chaleur contre ses génitoires brûlantes.

Diane surgit enfin sur le parking. Quelques voitures éparpillées autour d'elle témoignaient la présence de familles venues faire taire leurs mômes devant un dessin animé. Emmitouflée dans son écharpe, elle lui balança un sourire et remarqua une réponse sur ses lèvres. Ils se rejoignirent en quelques pas, oubliant le froid qui les entourait, puis se saluèrent et échangèrent quelques mots, non sans les retenues d'usage, rien que des banalités : la journée, le trajet, si ça s'était bien passé, tout ça.

Après de brèves délibérations, d'où furent exclus thrillers et comédies sentimentales, ils optèrent pour une comédie dramatique dont ni l'un ni l'autre n'avait entendu parler. Ni lu les critiques. Devant l'entrée, leurs regards se croisèrent et, un bref instant, le temps s'arrêta. Louis aurait aimé saisir la main de Diane et l'entraîner comme ça à l'intérieur du cinéma où il lui aurait ouvert chaque porte l'une après l'autre. Mais il n'en fit rien. Après ce qu'il avait déjà entrepris, en rajouter des caisses lui paraissait inapproprié. Il estima même que c'était à elle, désormais, d'envoyer un signal positif. Elle lui roulerait une galoche là maintenant qu'elle marquerait des points la salo... la coquine ! Mais rien de cela ne se produisit non plus.

Ils traversèrent le hall et passèrent devant maintes affiches de films pour gosses, indécemment colorées. Des cris d'enfants sortant d'une séance vinrent confirmer l'enlisement de l'instant. Aussi, filèrent-ils droit dans la salle indiquée sur leur ticket ; une salle noire comme une cave.

Le film allait commençait. Ils s'y assirent seuls, absolument seuls. Puis, ils passèrent toute la durée du navet de l'année à s'émerveiller de la formidable opportunité qui s'offrait à eux de pouvoir parler tout autant et tout aussi fort qu'ils le désiraient sans déranger personne.

En quittant son siège, Diane fit part à Louis qu'elle avait trouvé le moment très agréable et que le coup de la salle miraculeusement déserte l'avait beaucoup charmée. Évidemment Louis aurait pu mettre l'incroyable circonstance sur le compte de la date car, franchement, à part des marmousets, qui peut bien avoir envie d'aller au cinéma un vingt cinq décembre ? Bref ça ne loupa pas, Louis fit d'une vessie une lanterne et de sa lanterne un puits de connerie sans fond où ce qu'il avait envie de voir, et de croire, devint une réalité. Sa réalité. En l'occurrence, un nouveau signe du destin.

Et le genre qui ne trompe pas cette fois !

Ça crevait l'œil.

* * *

[4]

Il y a des jours où rien ne se passe comme prévu. D'ailleurs, parfois, ces journées se transforment en semaines, en mois. Ça peut durer des années. Et s'il est vrai que le malheur, ce leurre, vous éloigne parfois du pire, le bonheur, hélas, quelquefois vous y ramène.

Louis se remettait d'une longue période de craintes, froides comme la mort, et de nuées d'incertitudes, aussi cruelles que le vide. Mais bien que sa fille Sandra et sa petite fille Anna soient toujours à l'hôpital, la tension retombait.

La trêve, pourtant, n'allait pas durer longtemps. Évidemment. Mais à ce stade, il ne pouvait pas le savoir ; bien loin de pouvoir deviner d'où viendrait le nouveau coup dur que lui préparait déjà un sort coriace.

Laurent profita de la présence du beau-père pour s'absenter et rentrer s'occuper des animaux. Il ne fallait pas qu'ils restent trop longtemps seuls dans la maison au potentiel familial croissant. Louis resta donc soutenir sa fille car un mois entier sans quitter la chambre d'hôpital (elle refusait de s'éloigner de la petite) il trouvait ça vraiment long. Il était fier d'elle et faisait tout ce qu'il pouvait pour la réconforter.

— C'est la rabat-joie aujourd'hui ? l'interrogea-t-il, sourire en coin.

— Oui ! s'amusa celle-ci, Laulau n'en peut plus ! Ce matin elle l'a encore asticoté.

Une des infirmières avait pris le jeune papa en grippe et, bien qu'il appréciât beaucoup son gendre, ça l'amusait beaucoup d'imaginer celui-ci harcelé par une pimbêche acariâtre.

— Et qu'est-ce qu'elle lui a reproché cette fois ?

— Elle l'a engueulé parce qu'il n'avait pas clampé la sonde gastrique pendant qu'elle branchait la seringue d'alimentation.

— Haha ! Le pauvre. Par contre tu ne dis pas engueuler s'il te plaît, tu dis gronder, je suis ton père, pas ton copain, merci.

— Papa ! Arrête.

— Il n'y a pas d'arêtes dans le bifteck haha ! Bon, tu parles correctement et c'est tout ! Point à la ligne.

Sandra se tut. Elle ne supportait plus quand son père se comportait ainsi. La traiter comme une petite fille de bonne famille ! Et faire comme si son éducation n'était pas terminée !

Louis interpréta le silence de sa fille comme un repentir. Puis, affligé d'avoir eu à se répéter, mais comment pouvait-elle oublier d'employer un langage correct en sa présence bon sang ! en rajouta une épaisseur pour éliminer tout risque de récidive.

— Tu sais que tu es maman désormais et que tu le veuilles ou non il faudra bien que tu finisses par causer correctement nom de Dieu ! Tu fais vraiment chier d'oublier à chaque fois ! Je viens ici pour te soutenir et toi tu fais quoi ? Tu me parles comme si que j'étais ton poto !

Par chance, du moins ce n'est pas sa fille qui dira le contraire, son téléphone sonna, stoppant net la démonstration en cours. C'était Diane. Louis proclama à Sandra l'importance de répondre et quitta la chambre sans s'apercevoir du regard désapprobateur posé dans son dos.

Après quelques minutes, lorsqu'il rouvrit la porte, il passa la tête dans l'entrebâillement de celle-ci.

— Je suis désolé ma chérie, tu sais la gonz... femme dont je t'ai parlé, elle veut qu'on se retrouve en ville dans quinze minutes. Qu'est-ce qu'elle est directive ! Haha ! Bon, je suis obligé de te laisser, je suis vraiment embêté mais je n'ai pas le choix. À demain, Papa il t'aime, il te soutient.

Sandra rassura son père : il pouvait partir l'esprit tranquille.

Louis promit de revenir le plus vite possible et supplia sa fille de ne pas hésiter à l'appeler sur son portable en cas de besoin.

Une infirmière apparut, c'était la rabat-joie. Ignorant le grand-père au nez duquel elle referma la porte, l'austère soignante s'exprima dans un genre assez prévisible :

— Ah ben d'accord, il est où le Papa de la petite ? Alors ça y est ! Il vous a abandonnées ?

La porte claqua, étouffant la réponse qu'avait opposée Sandra pour défendre son protégé.

Littéralement jubilant, Louis fonça jusqu'à la voiture.

*

Faire l'économie du parking souterrain de la mairie n'était pas la meilleure idée du moment. Mais s'il y a bien une chose qu'elle ne supportait pas, c'était de claquer son argent dans ces fichus pièges à cons qu'ils appellent ça des automates. En admettant qu'elle parvienne à échapper à sa part de l'addition, lorsqu'ils quitteraient le restaurant, la soirée ne lui coûterait pas bien cher. Alors ce n'était pas le moment de flancher ! Et puis il était pris, ça se voyait, elle avait l'habitude, elle ne pouvait pas se tromper. Il disait déjà oui à tout ce con. Un record ! Bien sûr qu'il attendrait. Se faire désirer, allez un petit quart d'heure quoi, c'était normal après tout.

— Le temps c'est de l'agent, ironisa-t-elle. Oui ! Mais de l'argent dépensé.

Et Diane, dépenser de l'argent, ce n'était pas son truc. Pas la saison ! Jeter trois, voire quatre euros par la fenêtre pour un pigeon ?

— Et puis quoi encore !

*

Louis mit un bon quart d'heure pour sortir des couloirs, se tromper d'étage, faire le tour du bâtiment B, et rejoindre la petite allée permettant de regagner le parking visiteurs. L'heure gratuite était dépassée et comme si ça ne suffisait pas, il avait oublié son ticket dans la chambre de sa fille. Probablement sur la table à côté du portemanteau. Soit il y retournait, risquant de faire attendre sa duchesse, soit il payait le forfait de huit heures. À un euro de l'heure, le calcul était vite fait.

*

En approchant enfin du lieu de rendez-vous, Louis cumulait trente bonnes minutes de retard (il s'était encore trompé de couloirs en allant récupérer le ticket de parking). Heureusement, une idée géniale l'avait traversé : envoyer un SMS !

Désolé, petit souci à l'hôpital, quelques minutes de retard...

Ah, qu'il était malin : toujours faire d'une situation pénible une occasion de se démarquer des cons !
— Haha ! C'est ça l'astuce avec les bonnes femmes !

Oui, mais moi je me suis arrangée pour être à l'heure !

— Ah d'accord... Et elle ne me demande pas si tout va bien !

* * *

[5]

La première phrase dans sa bouche porta sur la durée du retard, pas sur les raisons. Diane avait dégainé la première et, comme aux échecs, quand l'attaque vient d'en face le second joueur n'a pas trente-six options : il se défend comme il peut. À mesure qu'il se justifiait, Louis s'enfonçait. Ses explications, elle s'en foutait. Bien sûr qu'elle n'ignorait pas qu'un problème eût pu survenir, quand on a de la famille à l'hosto en général ce n'est pas pour avoir remporté un jeu concours ! Seulement voilà, il avait écrit *petit souci* et, jusqu'à preuve du contraire, *petit,* c'était tout sauf grave. Diane pensait faire mijoter sa cible et c'est elle qui s'était retrouvée dandinant du col sur la dalle froide de la place de la Mairie. Ah que ça la piquait ! De toute sa vie, on aurait dit que c'était la première fois. Pauvre Louis, il lui aurait foutu la main au cul sans dire bonsoir que ça n'aurait pas été pire. De charges en charges, la vouivre belliqueuse lui bloqua littéralement le cerveau gauche. Et quoi qu'il répondit, elle finissait toujours par :

— Et alors ! Et puis ça fait quoi ? Qu'est-ce que j'y peux moi...

On aurait dit aussi qu'ils étaient mariés depuis vingt ans.

— Je comprends, capitula le lion qui sommeillait en Louis.

Définitivement, victorieuse, Diane allait pouvoir reprendre la manœuvre en cours. Aussi, changea-t-elle radicalement de ton. Un style chant des sirènes :

— J'ai cru que tu n'avais plus envie de me voir... fit-elle les yeux remplis d'humidité.

Quiconque serait passé par là aurait été pris d'une irrépressible envie de la serrer dans ses bras, pour la consoler. Tellement elle jouait bien. Louis, lui, essoré de la série ininterrompue de frappes chirurgicales qu'il venait d'essuyer, prit pour argent comptant le cessez-le-feu providentiel qu'elle venait de publier. Pas besoin de papier cadeau, les violons suffisaient : elle lui aurait demandé de signer n'importe quoi au bas d'une page, il l'aurait fait ! Posant ses mains de part et d'autre de ses épaules, il la pointa dans les noyaux avec son regard de clafoutis maison.

— Je suis désolé (la porte du four s'ouvre), je n'ai pas eu le choix (même les cerises ne sont pas cuites).

Diane hocha la tête, de haut en bas, énergiquement comme pour se flouter le visage (et sûrement l'envie de rire). Elle remua un peu les épaules, dodelina du cou, puis lentement et avec tact, se libéra des mains de son chevalier blanc. Blanc de peau. Enfin, pâle.

— Allez viens, lança-t-il en se donnant un air, je t'emmène quelque part.

Diane entrevit que le mystère associé à la présente déclaration pimentait autant le personnage qu'une branche de persil. Alors, feignant l'étonnement, elle couvrit le besoin de grimacer par de faux airs de confusion.

*

Au quatrième refus, Louis pensa qu'il aurait peut-être mieux fait d'appeler pour réserver.

Diane jubilait. En bon chef de guerre, elle respecta scrupuleusement la phase d'observation intégrée à la ligne directive de son plan d'action. De surcroît, le dédain avec lequel les serveuses gonflaient leurs rebuffades, les faisant éclater à la gueule du cave comme des volcans de mépris, avait amplement suffi à consolider l'opération de phagocytose en cours. Sacré Louis, pas la peine d'en rajouter ! Quand l'écosystème assaille l'ennemi il est sage d'économiser ses forces. Et ce soir, Diane allait faire beaucoup d'économies. Ses seules interventions consistèrent à éviter deux sortes de tables : celles dressées près des toilettes, et celles vers les courants d'air.

Au bout d'une heure, oreilles et queue basses salement enrobées dans une croûte d'infatuation craquelée de mauvaise foi, le vieux loup rejeté des meutes proposa un lamentable repli sur une chaîne de bouffe industrielle du genre sur place ou à emporter. Les lumières vives, difficiles à louper, lui avaient de toute évidence retenu le souffle et l'attention.

Après qu'elle eût consenti, d'un silence cataphatique, un effort à la proposition désespérée de son chevalier des bacs à frites, Diane eut droit à l'usage de la porte ouverte suivi d'un « après vous » augurant l'exaltation imminente. Ah le bon moment qui arrivait ! Les Vingt minutes qui s'ensuivirent, debout dans une queue digne d'une soupe populaire l'hiver, furent probablement les pires pour elle de toute la décennie écoulée. Lorsque Louis passa enfin la commande, depuis les perforations de l'espace de confession du père plexiglas, où il était coutume de crier des noms de sauces en postillonnant, elle attaqua le vernis à ongles de ses deux doigts de se barrer. Lui, ne remarqua rien. D'ailleurs, en parfait gentleman, il achemina de ses bras robustes le lourd plateau de carnes tièdes vers la table la plus proche de leur premier dîner romantique. Alors, elle se résigna à le suivre. L'autre arborait une moue à être comme chez lui, sa seule préoccupation était de ne rien renverser des gobelets de bière. Sourire en coin, celui du triomphe, il posa enfin le plateau sur une table, couvrant les taches de sauces et de jus de viande que d'autres avaient laissées avant eux.

— Ah les chameaux ! déclara-t-il en plongeant les yeux à travers la baie vitrée comme pour chercher les coupables.

Puis, saisissant son breuvage, entama le premier tiers, poursuivit sur le second et profitant de la pente, parvint rapidement à la fin du gobelet (que ses grosses mains réduisirent aussi sec en une grosse boulette de carton). S'ensuivit le spectacle d'un naufragé affamé venant de rejoindre une île à la nage où l'attendait le dernier hamburger de la planète.

Diane commençait à se liquéfier. Une piche pareille, c'était piètrement exceptionnel, mais à ce stade du plan, pas question de plier le camp. Maussade, elle se rongea les foies tout le reste du repas, s'agitant sur sa chaise, répondant à côté ou retenant la moitié des phrases que Louis débitait à la chaîne, sans s'arrêter de mâcher bien sûr.

À la bouchée finale, contrairement au ketchup qu'il avait partout sur la gueule, ce dernier finit par remarquer quelque chose :

— Un truc qui ne va pas ma belle ? Tu as l'air préoccupée ? il s'essuya les lèvres d'un large revers de bras.

Trahissant l'affirmative par une moue inextinguible, Diane cracha le morceau pour récupérer l'élément manquant à sa prise de décision : tenir bon ou décamper tout de suite ?

— Je voudrais te demander quelque chose ? Si tu trouves que c'est trop personnel, tu n'es pas obligé de répondre...

— Houla ! Tu m'intrigues toi dis donc ! Allez vas-y, lance-toi ! clin d'œil, mais fais vite, j'ai soif là, je vais aller me chercher un truc à boire.

— Tu joues au Casino parfois ?

— Heuuu... ? répondit Louis flatté, d'un air faussement modeste ; c'est vrai qu'il transpirait la grande vie !

Diane poursuivit :

— Tu as des papiers d'identité sur toi ?

Louis comprit que la petite avait repéré que ce n'était pas le genre de mec à manquer de piquant. Maline avec ça ! À tous les coups elle l'imaginait dans le champagne en train de te balancer les jetons sur le tapis.

— Oui, et ? répondit-il d'un air détaché.

— On pourrait y aller après le dîner, fit diane avec une tête *attention moteur !*

— Bah ! J'hésite, ça va me rappeler mon ex d'aller là-bas.

Il lui avait bien fallu trouver un prétexte ! Car il avait beau avoir la classe, claquer du fric chez les Partouche, ce n'était pas vraiment sa came.

Diane ayant obtenu sa réponse, peu lui importait la suite. Elle savait très bien que l'abruti assis en face d'elle n'était pas près de l'emmener rêver de grandeurs devant une table à numéros rouges impairs et manque. Va pour le changement de voie ! Le poste d'aiguillage ne changerait plus rien à la destination en cours !

— Ton ex ? Vas-y raconte ! feignit-elle de s'intéresser, à moins que tu aies quelque chose à cacher... poussa-t-elle.

Du grand art !

Et l'autre, et que je te plonge les deux bras en V :

— Il n'y a rien à raconter. Je l'ai quittée cette conna... cette imbécile.

— Et ça remonte à quand si ce n'est pas indiscret ?

Louis alla pour se lever mais Diane insista, elle tenait le rôle et les caméras tournaient :
— J'ai dit... ça remonte à quand ?
— C'est pas vieux.
— C'est quoi pas vieux ? C'est pas une réponse pas vieux !
— Même pas trois mois.
— Ah oui en effet ! Et tu la revois ?
— Ah non ! Elle voulait, mais moi non !
— Oui, bon, s'empressa Diane (balayant l'air avec la main), et pourquoi l'as-tu quittée ?
— Comment ça oui bon ? Finis de manger tranquillement, je vais me chercher une bière.
— Tu ne préférerais pas boire de l'eau ?
— De l'eau ?
— Bois ce que tu veux, mais réponds d'abord ! Pourquoi l'as-tu quittée ?
— Mais parce qu'elle était vénale putain !
— Ah...

*

Deux boulettes de carton plus tard, suivies d'une éructation qui le fit beaucoup rire, Louis proposa de couper la note en deux.

*

Diane avait oublié sa carte dans la voiture. Et elle était garée loin. En plus, ça l'embêtait d'y retourner seule, car elle avait peur la nuit... D'ailleurs, sa carte ne serait peut-être même pas dans la voiture mais chez elle... Et si elle retournait chez elle, elle n'aurait pas le courage de revenir, car elle aurait envie de se coucher.

Non, ça ne lui disait rien de boire un café avant d'y aller...

Non, elle n'avait pas non plus l'appoint dans son sac à main.

Ni quelques pièces.

Oui, elle avait bien regardé.

Oui, dans ses poches aussi...

*

Louis ne décrocha plus un mot.

* * *

[6]

Le problème avec Louis, c'est qu'il avait beau avoir un certain style, être raffiné – du moins n'en doutait-il pas – ça ne l'empêchait pas d'être assailli de fortes envies sentimentales. Et pour Diane, l'occurrence était à peu près du même acabit : de fortes envies sentimentales, elle en avait tout le temps ! Lui, bien sûr, en bon pervers, s'introduisait rapidement dans la vie de Diane. Et accessoirement dans son fanum. Enfin, sa chatte, comme il disait. Et puis son cul, sa bouche, et même sous ses aisselles ou encore entre ses orteils. C'est bien simple, si elle l'avait laissé faire, ce queutard tout droit sorti d'une hémorroïde du Marquis de Sade l'aurait fourrée jusque dans les narines et les oreilles. Pauvre Diane, fatigue et naïveté aidant, elle n'avait rien vu venir. Ça allait de soi. À la seconde charge non plus, à la troisième encore moins car il était trop tard, elle était sous son emprise. Trop tard pour se rendre compte de quoi que ce soit. Mais à la vérité, plus ça allait, plus elle participait, gesticulait, criait. Et au final, elle se révéla bien pire qu'on eut pu l'imaginer : défonce-moi ! déglingue-moi ! frappe-moi ! Car elle aimait plus que tout le piège de la bête qui se refermait sur sa cheville blanche et frêle de petite fille innocente (Louis avait des menottes). Oui de petite fille ! La petite fille innocente qui sommeillait en elle ! Exactement ! Le petit enfant en Diane que personne n'avait jamais compris ! Ni son père qui la matait dans son bain quand elle était gamine et lui frottait le corps sans gant de toilette, ni sa mère qui, pour lui donner une éducation digne de sa religion, lui claquait régulièrement la gueule pour cinq minutes de retard ou un accroc sur le collant après l'école. Pauvre petite enfant, avec des trèfles à quatre feuilles dans les mains et des fleurs dans les cheveux, qui voulait juste se promener à côté des faons dans la forêt en dansant autour des arbres à écureuils. Quant aux mecs : tous des salops ! Et maintenant ce con de débile de Louis, abruti certes, pire qu'une valise sans poignée, mais quel bais... manipulateur bon sang ! Un maître. Tout ça pour quoi ? Pour la souiller ! Elle si pure, et si fragile à la fois. Elle en pleurerait tiens. Ben voilà, bravo, gagné, c'est malin, elle pleurait maintenant. Ça c'était sûr ça ! Fallait-il qu'elle soit dans la merde pour accepter tout ça ! Ah qu'il allait le payer cher ! Il n'aurait que ce qu'il méritait ce connard ! Ah ça oui ! Il ne perdait rien pour attendre.

*

Diane était maussade. Pour ne pas dire funèbre. Alors, ses irrépressibles envies d'autoérotisme la reprenaient. Ça l'assaillait depuis le bas-ventre avec des picotements intenses sur les organes, comme des irritations, et ça lui remontait pire qu'une fureur utérine le long de la colonne vertébrale jusqu'à atteindre son hypothalamus. Elle ressentait le tout tel un flux permanent de va-et-vient d'excitation acharnée et inextinguible. De son cerveau électrisé, où le sang arrivait bouillonnant, jusqu'à son clitoris brûlant transitaient toutes sortes de pulsions, d'envies obsessionnelles scandées par les voix dans son crâne :

Branle-toi, plus fort, encore, allez !
Ouais, comme ça.
Non ! t'arrête pas...

Elle s'irritait jusqu'au sang.
Louis rentra dans la chambre.

— Mais ? qu'est-ce ce que tu fous ? T'es toute rouge ! Il va être midi, lève-toi.

— Quoi ! hurla-t-elle (en se redressant brusquement), j'attendais que tu aies fini de te préparer. Ça fait deux heures que tu es dans la salle de bains !

Diana se remonta la couette jusqu'aux épaules.
Puis, pleurnicha :

— Et le petit-déj' ?

— Bon écoute moi bien Madame je me prends pour une duchesse, déjà j'ai pas trop apprécié le coup de me laisser tout payer hier soir ! Alors si tu as faim tu vas te préparer pour qu'on aille casser la graine en ville. Et c'est toi qui paies ! C'est ton tour.

— Ce midi je ne peux pas.

— Tu ne peux pas ?

— Non je ne peux pas.

— Pourquoi tu ne peux pas ?

— Ça ne te regarde pas.
— Ça ne me regarde pas ?
— Non ça ne te regarde pas.
— Pourquoi ça ne me regarde pas ?
— Parce que c'est comme ça.
— Ah c'est comme ça ?
— Oui c'est comme ça.
— Eh ben tu payes la nuit ! paracheva Louis au bord de se péter une veine cave.
— De quoi ? Je rêve ! C'est pas un hôtel ici d'abord !
— Commence pas à jouer sur les mots bordel ! Tu crois que c'est gratos ici ? Ça me coûte aussi cher qu'un hôtel figure-toi, presque trente balles par jour !

* * *

[7]

En ce début d'après-midi, la journée s'étirait avec une lenteur déprimante. Une grisaille implacable étouffait le moindre éclat de lumière sous un plafond de ciel bas. Et le froid rongeait les os et l'humeur des gens aux visages tendus par l'exaspération.

Diane sortit de l'entretien vers quinze heures. Il ne leur avait pas fallu plus d'une heure pour lui expliquer que les années de gloire de la CPAM, cette belle institution reconnue pour être une bonne planque, c'était il y a longtemps, aujourd'hui cela avait bien changé. Selon le directeur et la DRH, ses cadres avaient essayé, plusieurs fois, de l'alerter sur ses difficultés, mais ses capacités à rectifier le tir étaient restées imperceptibles. Diane et le rendement cela faisait deux. Deux, c'était le nombre de semaines qu'il lui fallait en général pour ouvrir un dossier. Deux, c'était le nombre de mois qu'elle mettait ensuite pour l'instruire. Et si seulement il n'y avait que ça ! Car versant des droits quand il ne fallait pas et en n'en versant pas quand il fallait, beaucoup de ses collègues démissionnaient, usés d'être obligés de reprendre ses bourdes ou de se faire cracher dessus par des usagers excédés. C'est bien simple, le service recouvrement avait dû ouvrir un poste supplémentaire rien que pour ses conneries. Or, la création de nouveaux postes, ce n'était pas trop l'ambiance du moment. Ni à la CPAM, ni ailleurs d'ailleurs. Mais c'était ça ou laisser l'équipe de ce service exploser en plein vol. Une chose ensuite se produisit. Une chose du genre la petite goutte, le vase plein. Car en décidant de candidater par voie interne au poste en question, un poste, n'est-ce pas, dédié tout entier au rattrapage de ses erreurs, Diane avait provoqué une réaction. Et cette réaction, justement – elle aurait dû s'y attendre un peu – elle venait de lui exploser en pleine gueule.

*

Le téléphone sonna, Louis répondit, c'était Diane, elle venait de perdre son travail. Son sang ne fit qu'un tour, le fric, ce coup-ci c'était sûr, il ne le reverrait jamais ! Ah la salo...

— Mais comment ça se fait ? demanda-t-il d'une voix (presque) empathique.

— Comment veux-tu que je le sache ! Sûrement des objectifs de compression de personnel, mais ils n'ont pas voulu me l'avouer. Alors bon, j'étais la dernière arrivée, tu penses bien, c'est sur moi que c'est tombé.

Elle mentait vraiment bien.

— Je pense rien du tout, se défendit Louis, si ce n'est qu'en plus d'être une profiteuse tu vas devenir une pauvre chômeuse.

Sans se démonter, Diane l'invita à dîner le soir même, au restaurant, pour se changer les idées et aussi parce qu'elle lui devait bien ça. Elle lui confia avoir passé une merveilleuse nuit en sa compagnie, rajouta qu'elle mouillait dans sa culotte rien que d'y penser, qu'il avait fait d'elle sa petite cochonne et que jamais elle n'avait ressenti quelque chose d'aussi intense auparavant. Louis accepta l'invitation instantanément. Il allait rentrer dans ses frais ! Avant de raccrocher, il lui recommanda de bien penser à réserver. Diane le rassura.

Louis n'était pas ce qu'on appelle une épée mais ses nombreuses expériences avec le sexe opposé lui avaient appris ceci : quand une femme change radicalement d'attitude, elle a forcément une idée derrière la tête. Diane profitait de lui depuis la veille, ne voulait rien payer, grappillait sur tout, usait de méthodes vieilles comme le monde pour échapper à la moindre dépense, oh zut j'ai oublié ma carte bancaire, franchement ? Et sans jamais louper une occasion de se moquer de lui avec ça ! Et là, comme par hasard elle devenait généreuse de l'inviter au resto ? Elle allait lui demander du sexe, c'était ça l'explication ! Sacré Louis ! Toujours en piste ! Nul doute qu'une gonzesse qui se fait virer de son boulot l'après-midi et qui t'invite à dîner le soir même, tellement tu l'as comblée de plaisirs, c'est forcément une gonzesse qui vient de tomber accroc.

La chance lui souriait à nouveau !

* * *

[8]

Bien que n'ayant plus rien à boire, Louis garda sa chambre toute la journée. Sa gueule de bois, tenace, entrava toute initiative de mettre le nez dehors. Parfois il rejoignait la salle de bains, en traînant des pieds, mais la tête tournait, alors il s'asseyait sur la cuvette pour pisser. Puis il retournait se coucher.

Le soir arriva, ça tombait bien, la boîte de cachetons était vide. Profitant de ses dernières minutes de tranquillité, Louis mata, les yeux gonflés d'admiration, son pénis devant le miroir du petit meuble lavabo ; dans quelques instants, il le brandirait sous le nez de l'autre salope, se répétait-il.

Des coups de sonnette retentirent. C'était elle justement.

— Quand on parle du loup ! s'amusa-t-il à l'interphone (froc baissé), on lui voit la queue haha !

Diane déclina l'invitation à monter cinq minutes. La surprise ? Quelle surprise ? Mais de quoi parlait-il enfin ? Bon, sa surprise il n'avait qu'à la descendre ! Et en se magnant, car elle était garée en double file au pied de l'immeuble. Cool, se rassura Louis, même pas besoin de toucher à la bagnole !

Il remonta son futal, et posa une petite tape amicale sur la bosse de sa fermeture éclair.

— À tout à l'heure toi !

Puis, décrochant la veste du portemanteau de l'entrée, se félicita une dernière fois devant le miroir au-dessus du vide-poches.

La porte de son taudis (il appelait ça une garçonnière) claqua derrière lui. Il faisait tout le temps cela, car il aimait bien emmerder son monde. Il dévala ensuite les cinq étages où se trouvaient une dizaine de studettes, toutes louées à de futurs chômeurs d'abrutis d'étudiants ou encore à des associations d'envahisseurs. Enfin, immigrés comme ils disent. On l'aura compris, Louis détestait ses voisins. Et tout ce qui ne lui ressemblait pas en général.

Lorsqu'il ouvrit la portière de la voiture, Diane arbora un sourire qu'il ne lui avait encore jamais remarqué. Un sourire faux et froid, presque sadique. Louis en avait déjà vu des comme ça, surtout celui de la substitut du procureur qu'il ne portait pas dans son cœur et qui le lui avait bien rendu à chaque fois qu'il avait eu un rapport à lui faire passer et qu'elle l'avait retoqué...

— Juste pour faire chier !

Il l'avait dit à voix haute...

Vêtue pour retenir l'attention de sa proie et lui libérer l'émoi, Diane écarta les cuisses. Puis, comme si quelque chose la picotait au point de jonction de celles-ci, les referma doucement en faisant remonter ses genoux l'un sur l'autre. Elle doit penser à tout à l'heure, pensa Louis en s'installant à bord, quand je ferai la fête à son cul. Par association d'idées, il entrevit une clé frappée au coin du génie, le genre lumière, éclair, une fulgurance ! La proc, cette pute, en pinçait pour lui. À tous les coups ! Ah le con, mais oui ! c'était ça... qu'elle l'emmerdait tout le temps.

Diane, plongée dans le silence, affichait un sourire goguenard, qui ne quittait plus ses lèvres. De toute évidence, elle avait décidé de porter le suspens à son comble. Plus un mot, plus un signe, ni dans les yeux, ni nulle part. Rien ne permettait plus d'entrevoir ne serait-ce que l'ombre de sa pensée. Elle fixait la route avec autant d'humanité qu'un mannequin de crash-test envoyé à fond la caisse contre un mur d'acier dans un hangar Allemand. L'autre plongea dans le bouillon en cours :

— On va où alors ?

La réponse de la petite fille scarifiée de L'Exorciste tinta distinctement dans l'habitacle de la voiture :

— Je vais te montrer un endroit cher à mon cœur, tu vas voir.

Louis, dont la retenue n'était pas le trait de caractère le plus développé, trépigna d'impatience. Elle en faisait du tralala cette conne ! Ça y allait l'énigme mystérieuse, l'intrigue énigmatique, le mystère intrigant ! Tout ça pour se prendre un coup de queue... Ah les gonzesses.

— Allez ma poule ! dis-moi où tu m'emmènes putain ! Haha.

*

La voiture fila à travers les grands boulevards, rejoignit l'échangeur de la N57 qui desservait la rue de Dole, puis s'engouffra sur la deux fois deux voies en direction du centre commercial de Châteaufarine. À l'intérieur du bolide, Diane avait repris son petit manège : et que je t'écarte les cuisses, et que je les resserre, encore et encore. Il fallait bien maintenir l'intérêt de l'autre ! Elle avait tout prévu, s'était parée de porte-jarretelles brodés de noir sous une minijupe de chez Cache-Cache (qui en vérité ne cachait pas grand-chose), sous son décolleté, d'énormes seins blancs, soyeux comme un ventre de nonne, débordaient généreusement par-dessus des contours de dentelles fines qui ornaient son soutien-gorge, noir lui aussi. Par moments, elle gonflait sa poitrine presque entièrement découverte, la dégonflait et la regonflait au rythme d'une respiration saccadée censée en dire long sur ses ébullitions intimes. Louis pouffa de mépris et la laissa se trémousser sans réagir, s'efforçant d'ignorer la campagne de référendum pour le oui à la déglingue en cours dans son slip. C'était lui, l'homme, c'était à lui de décider du quand, du où et du comment.

Ils arrivèrent à hauteur de la Chaufferie Bois puis longèrent les lumières crues des barre-cubes de béton et d'acier du CHU de Minjoz.

— C'est marrant de passer là, gloussa Louis en posant l'index et le nez sur sa vitre, ma fille et ma petite fille sont ici à l'hôpital.

Diane s'en foutait complètement.

Elle regardait défiler les lumières elle aussi, sauf que c'était celles de l'autre côté, à gauche, celles venant de Planoise, soliloquant tout ce que pouvait lui rappeler ce quartier, sa jeunesse et toutes ces choses passionnantes dont Louis se ficha éperdument à son tour.

La voiture bifurqua soudain, plongea dans une bretelle, puis se jeta sous le pont de la quatre voies où apparut la rue du Luxembourg, trace sordide traversant Planoise telle une cicatrice purulente.

— Bon, c'est quoi ce bordel ? s'inquiéta Louis, tu m'emmènes où là !

— Laisse-moi faire, fit Diane sans chercher à donner une image rassurante d'elle-même.

La bagnole tourna à droite, puis à gauche, puis encore à droite, fila ainsi cinq bonnes minutes sans jamais laisser transparaître le moindre symptôme d'hésitation. Les gueules des boutiques encore ouvertes et salement éclairées recrachaient des ombres aux formes mi-humaines, mi-rongeurs. Certaines hurlaient ou jappaient sans raison apparente, d'autres répondaient en couinant depuis leur tête enfouie sous une capuche. Çà et là, l'on voyait des lumières rouges de scooters, de voitures, telles des rétines de diable brillant dans l'obscurité oppressante des bordures de rues submergées d'immeubles.

La voiture s'arrêta enfin.

— Quoi ? C'est là ! s'exclama Louis l'air trahi.

Il remuait la tête de tous côtés. Diane s'était garée au pied d'une interminable construction HLM des années soixante, pile devant la vitrine d'un Kebab qui avait dû être une loge de gardien à l'époque où ils ne risquaient pas leur vie en sortant les poubelles. À l'intérieur : trois hommes, très jeunes, survêt, baskets, casquette. Ils relevèrent le cou, manifestement intrigués par la lumière des phares.

— C'est un ami qui tient ça, tu vas voir ça ne paye pas de mine mais c'est les meilleurs kebabs de Planoise, balança Diane en coupant le contact.

— C'est une blague ! insista Louis.

Il hésita un moment pour l'observer, puis revint à la charge :

— Tu te fous de ma gueule ? Hein dis !

— Les meilleurs ! je te dis, ironisa celle-ci, une lueur sadique, encore, dans les yeux.

Louis écarquilla les siens en la regardant fixement. Les ressources commençaient à lui manquer et l'effarement paralysait déjà son jugement.

Diane enchaîna, son plan fonctionnait à merveille. Mieux serait de l'indécence, jubilait-elle.

— Viens mon chéri, tu vas comprendre. Regarde, elle se pencha vers le pare-brise où elle dressa un doigt vers le ciel, j'habite juste au-dessus, tu vois, regarde, ici, les volets ouverts. On ne reste pas longtemps, on mange et après on va directement chez moi. Maintenant regarde par ici, elle leva sa cuisse désormais écartée au maximum.

Louis pencha docilement la tête, entrevit ses lèvres vaginales, et s'étonna, bouche ouverte, de n'avoir pas remarqué qu'elles fussent à ce point protubérantes et rouges. Un fil dépassait. Pas un fil en coton comme on en trouve sur les tampons, ce genre de conneries de gonzesses, pensa-t-il, non, un fil électrique et tout fin... comme une petite antenne de poste qui se cloue au mur pour mieux capter la radio.

— Tiens prends ça, ordonna-t-elle en lui tendant une petite télécommande, à partir de maintenant c'est toi qui actionnes mon désir, c'est toi le maître.

Louis comprit que sa voisine, pleine de surprises, s'était introduit un vibromasseur dans le vagin et fit le rapprochement avec tout son cinéma pendant le trajet : son sourire bizarre, ses trémoussements de gamine de quinze ans, tout ça.

Ah qu'est-ce qu'elle allait prendre ce soir !

Cher...

— Tu veux jouer la salope avec moi ? T'es bien tombée ma grande.

Salope ? songea-t-il, le terme paraissait faible.

* * *

[9]

Diane précéda Louis dans l'infâme boui-boui, retenant la porte derrière elle pour lui faciliter le passage. Par moments, il traînait des pieds.

— Salade, tomate, oignon ! entendit-on aussitôt hurler à l'intérieur.

C'était Louis. La raillerie procédait de son malaise.

Au fond derrière le comptoir, d'où l'odeur du graillon vous sautait aux nippes en prêtant serment d'y rester collée jusqu'à la prochaine lessive, une scène étrange lui apparut, interrompant net son déplacement. Un pit-bull, mâchoires fermement serrées à une corde, se balançait au bout de celle-ci. Il la remontait nœud par nœud, comme pour atteindre le plafond où elle avait été fixée par un python. La bête hargneuse agitait ses pattes arrière en sursauts agaçants, tournait sur elle-même en brûlant chaque ressource de son QI. Ses grognements se mêlaient aux crépitements du "döner" de viande et aux grincements de la broche verticale. Louis prolongea sa pause, putain de chien à la con. Il n'aimait pas ça, les chiens. Et encore moins ceux comme celui-ci. Les trois jeunes aux déguisements de dealers de shit toisèrent l'intrigué avec un mépris excluant toute tentative de prévention des risques. La cloche allait sonner, la baston arrivait. Un regard du commerçant, suivi d'un léger signe de tête, changea la donne. Les casquettes se rabaissèrent, la pression s'offrit une pause.

Le couple s'installa. Les tables libres ne manquaient pas.

— Ho ! Patron ? Une bière vite ! s'enfonça Louis qui n'aurait pas été moins magistral assis chez lui sur la cuvette des toilettes.

Le colosse de Rhodes, il ressemblait étrangement à Louis, quitta son comptoir et s'avança vers Diane à qui il s'adressa :

— Salut Duchesse, tu lui dis qu'on ne vend pas d'alcool ici.

— On ne vend pas d'alcool ici, répéta Diane.

Louis marqua un temps d'arrêt, aucun doute que sa belle venait de le désavouer.

Puis, fermement décidé à rompre avec la quiétude des lieux, s'adressa à son sosie avec une inélégance extraordinairement sobre :

— Dis donc ducon... ça t'écorcherait la gueule de t'adresser directement à moi ?

Diane lui agrippa le bras pour lui parler :

— Arrête ! Tu vas tout faire foirer...

— Mais foirer quoi bordel ! réagit Louis de plus en plus paniqué. Ton cloaque là, lança-t-il au taulier, en balayant la pièce de l'index, je te le fais fermer quand je veux abruti !

— Toi ? Toi, l'ancien flic, tu veux me faire fermer ? répondit le colosse à la barbe de quatre jours. T'es suspendu depuis plusieurs mois, on s'est renseigné, t'inquiète, et si tu veux mon avis t'es pas près d'être réintégré.

Puis s'adressant à Diane :

— Explique-lui... moi je vais vous chercher des Fanta.

Diane s'exécuta, déballa qu'elle était amie avec Benito, c'est comme ça qu'il s'appelait. Gamine, il la protégeait. Contre des petits services bien sûr. Si elle l'avait conduit jusqu'ici c'était pour lui faire une surprise : Benito était proxénète. Derrière le comptoir et le chien acrobate, il y avait une pièce, au bout de cette pièce se trouvait une porte, qui desservait un long couloir, et au bout de ce couloir se trouvait une autre pièce...

— Qu'est-ce que tu veux que ça me foute ? coupa Louis, tu crois que je suis venu pour signer un compromis ?

— Chut, laisse-moi finir, supplia Diane. Dans la pièce en question il y a cinq ou six putes assises sur des canapés qui regardent la télé toute la nuit. Tu y vas, tu en choisis une, et on la remonte chez moi. C'est ça ma surprise mon petit chéri. Allez, presse la télécommande maintenant.

Le visage de Louis s'éclaira progressivement. Il fouilla dans la poche de sa veste, esquissa un sourire retenu, et extirpa le petit objet de domination, le brandissant désormais à la vue de tous.

— Petite coquine, pour une surprise on peut dire que c'est une surprise ! Haha les cons ! J'étais loin de m'imaginer un truc pareil nom de Dieu ! Et eux là, désignant les jeunes du doigt, ils attendent pour se faire sucer ! Haha !

Herbos, Bedos et Cannabis esquissèrent des sourires en coin suivis de bruits de bouches qui signifiaient oui en langage Planoise :

— Ks, tss, ksst...

Louis ressuscitait.

— Bon allez ! s'exclama-t-il, bondissant de sa chaise, où sooont les fiiiiilles, aaveeec leurs gestes pleins de chaaaaarmes... Haha !

Main en l'air, il appuya sur le bouton du petit objet, Diane cligna aussitôt une paupière. Lui continuait de chanter en se déhanchant, puis il se dirigea droit vers le comptoir qu'il n'hésita pas à contourner.

— Permettez... lança-t-il à Benito, merci, haha.

Après un écart, pour éviter le chien, Louis disparut derrière le rideau sombre et graisseux.

— Où sont les filles, les filles, où sont les fiiiiilles...

Sa voix s'éloigna.

*

Lorsqu'il traversa le couloir dont lui avait parlé Diane, Louis dut serrer d'un côté, raser le mur. Parfaitement alignées et disposées les unes sur les autres, des caisses d'armement militaire jonchaient le sol sur toute la longueur du second mur.

— Putain, mais c'est qu'il me ferait confiance ce con de Benito, de me faire passer par là... Diane a dû lui parler de moi, lui dire que j'étais un mec fiable, c'est sûr ! Entre ça et les putes, il chie pas dans son froc, le mec.

Mais à peine eut-il fini de marmonner, un drôle de bruit claqua dans son dos, et une vive douleur. Louis passa la main derrière ses omoplates, aussi loin qu'il le put, cherchant à rejoindre la cause de sa douleur. Au bout des doigts, il tâta quelque chose... c'était froid ; et c'était dur. Puis il chuta, jusqu'à ce que sa gueule heurte une caisse vert kaki. Sonné, il lui resta juste un peu de conscience pour ressentir un frisson glacé lui envahir tout le corps.

— Putain Benito tu fais chier, fit la voix.

Cette voix lui était familière. C'était Diane. Elle poursuivit :

— T'étais obligé de faire ça avec une hache ?

Louis n'entendit plus la suite, ni n'entendrait plus jamais rien.

Alors, Benito lui saisit la tête par les cheveux et la retourna vers lui pour l'examiner de près. Après quelques secondes d'une observation méticuleuse, il esquissa un signe d'approbation à Diane. Elle ne s'était pas trompée : Louis lui ressemblait comme deux gouttes d'eau. Ses affaires puant de plus en plus, il allait enfin pouvoir changer d'identité ; bientôt, il prendrait la place de ce con de flic, démissionnerait en jouant le vexé dans une lettre, d'avoir été suspendu à cause de son problème d'alcool, tout le monde s'en foutrait, puis il disparaîtrait de la circulation. Le plan fonctionnait parfaitement.

— Il a ses papiers avec lui ? interrogea-t-il.

— Normalement oui, regarde dans sa veste, répondit Diane.

Passeport, carte mutuelle, carte professionnelle barrée de bleu blanc rouge, tout y était. Un miracle, pensa Benito. Se relevant il arracha la hache de la colonne vertébrale du macchabée. Puis la brandit en direction de Diane.

— Hé ! Qu'est-ce que tu fous, hurla celle-ci.

— Désolé Duchesse, il n'y a que toi qui sois au courant, tu comprends...

— Arrête tes conneries Benito ! Tu sais ce que je vaux, tu m'as demandé de te chercher un clone et je l'ai trouvé, qu'est-ce que tu veux que je te dénonce putain ! File-moi mon fric !

— Ne m'en veux pas ma belle, les temps changent. Et avec le temps, on apprend à se protéger, ça s'appelle l'expérience.

Puis en un mouvement parfaitement exécuté, Benito lui planta la hache en plein crâne.

Pas de bruit, pas de douleur, pas de froid.

Juste une lueur blanche.

Chose étrange, après impact, son cadavre clignait un peu de la paupière.

* * *

[10]

Assise sur la banquette arrière de la kangoo blanche, la jeune joggeuse, noyée dans ses sanglots, allait bientôt être rejointe par la psychologue de la Crim. À quelques mètres de là, au beau milieu de la forêt de Chailluz, elle venait de trébucher sur deux macchabées mutilés, brûlés, sans tête, à peine enterrés et recouverts de feuilles mortes. Ceux qui avaient fait ça ne s'étaient pas trop foulés pour dissimuler les corps.

— Probablement des branques...

Planté devant la situation, un policier de petite taille, trapu, crâne tavelé, geignait dans sa moustache.

— Ou alors ils s'en foutaient vraiment. Et ce con de Louis qui vient juste de démissionner ! Saloperie de pochtron, ça aurait été une affaire pour lui ça... me coller un truc pareil à cinq mois de la retraite.

— Qu'est-ce que vous dites chef ? fit un mec juste à côté, penché sur les corps avec un appareil photo.

— Hein, quoi ? Non rien...
Si ! Je dis : fais chier.

* * *

Partie II

Mignardises

Le GPS

[1]

Le téléphone sonnait. Ça recommençait !

La secrétaire avait décidé d'emmerder le monde, ce matin. Comme tous les matins d'ailleurs. Le PDG allait me confier son projet phare, il était dessus depuis un an, et elle, n'arrêtait pas de le déranger ! Il a laissé le téléphone sonner. Puis, il s'est adressé à moi :

— Thibault, permettez que je vous appelle Thibault ?

— Je vous en prie Armand, lui ai-je répondu (tout sourire).

Bien sûr qu'il pouvait m'appeler par mon prénom, un peu de cordialité ne pouvait pas nuire.

— Heu... Vous, par contre, je préfère que vous continuiez de dire : Monsieur Cassagne.

Mais quel enfoiré !

Le téléphone s'est enfin tu (ça allait peut être le détendre).

— Pardon Monsieur le président-directeur général, je... j'avais cru que...

— Bon, écoutez-moi Lemoine ! (apparemment non), comme je vous le disais, cette pochette contient une année entière de travail, vous me suivez ?

J'ai acquiescé.

Il a enchaîné :

— À la bonne heure. Donc voilà la situation, ça doit être livré en main propre à notre client de Villeneuve-sur-Lot, dans le Lot-et-Garonne, vous situez ?

J'ai acquiescé.

Il a enchaîné :

— On a de l'information ultra-confidentielle là-dedans, vous le savez n'est-ce pas ? il tapotait la précieuse pochette avec ses gros doigts sertis de chevalières jaunes.

J'ai acquiescé.

Il a enchaîné :

— Parfait, vous êtes, comment dire, sa paupière tremblait, mon meilleur atout pour cette délicate mission. Vous me suivez ?

J'ai acquiescé.

Il a enchaîné :

— Sacré Lemoine ! Tenez, il m'a glissé un post-it jaune avec une note, vous vous rendez à cette adresse, vous faites signer la remise en main propre, et hop, mission accomplie. Vous me suivez ?

J'ai acquiescé.

Il m'a fait signe de me barrer.

* * *

[2]

Ce gros enfoiré d'Armand de mes deux avait tellement dû être ennuyé par sa secrétaire, qu'il avait oublié, à tous les coups, de vérifier quelle bagnole m'avaient affectée les gars des services techniques. Une marque de merde ! Construite, je ne sais où et... ? Un GPS branché sur l'allume-cigare ! Je ne savais même pas que ça existait encore.

Quand on est l'agence de cybersécurité la mieux notée du territoire national on ne se trimbale pas avec des vieux GPS dans les bagnoles !

Je me suis installé au volant, j'ai réglé le siège (dur comme un parpaing de dix) et j'ai lancé le moteur de la bête.

"*Données mobiles interdites*" indiquait une étiquette collée sur le plastique de merde de la console de merde de leur bagnole de merde.

Si avec ça on n'a pas compris ! De la sécurité à la parano, la frontière est mince ! Plus mince que ce post-it, ai-je pensé en le lisant :

Protect & F. You
15, rue de Paris
47300 Villeneuve sur Lot

J'enchaînais :

— GPS ! 15, rue de Paris à Villeneuve-sur-Lot...

En scrutant l'appareil : aucune réaction. Pas de commande vocale ! J'étais bon pour rentrer l'adresse à la main comme dans les années deux mille. Le temps que l'antiquité calcule l'itinéraire, j'avais déjà perdu cinq bonnes minutes. Je n'étais pas parti que j'aurais voulu être de retour !

Royan, Villeneuve-sur-Lot, durée : 3 h 42.

La prochaine fois, je dis non.

*

Le ciel était gris. J'avais le moral dans les talons. Et finir la semaine avec cette mission n'arrangeait pas les choses.

— Tournez immédiatement à droite, puis tenez la droite, a fait la voix.

C'était une voix de mec ! Pourquoi pas celle de Cassagne tant qu'on y était.

Paramètres...

Sons...

Voix, Catherine.

— Tournez immédiatement à droite, puis tenez la droite.

— Oui ma Catherine, Titi y va tourner à droite, promis, haha...

*

Je me suis engagé dans la rue Denis Papin et j'ai serré à droite ainsi que me l'indiquait Catherine. En même temps, je ne voyais pas trop ce que j'aurais pu faire d'autre ; à part foncer dans ceux qui arrivaient en face ! Dans cinquante mètres, j'irais prendre encore à droite, pour rejoindre la Voie Express, ensuite la D25, puis toujours tout droit : Saint-Georges-de-Didonnes, Semussac, Cozes. Et après, je ne connaissais pas.

Ou plutôt, je m'en foutais.

— Faites demi-tour dès que possible !

Sur le coup, je n'étais pas sûr d'avoir bien entendu, ce demi-tour n'avait pas de sens, mais la flèche sur l'écran indiquait bien la même chose.

— Faites demi-tour dès que possible ! insistait la voix dans le GPS.

*

J'ai décidé de poursuivre sans tenir compte des dernières indications de Catherine. Elle avait un nom à n'avoir jamais connu un seul frisson de volupté et ne causait que pour dire des conneries. Mais sa voix, quelle expression de douceur. Ma prochaine femme aura peut-être le même accent, ai-je pensé. Depuis le temps que j'en rêvais ! Quel âge aurait-elle ?

— Faites demi-tour dès que possible !

— Oui ma belle, t'inquiète pas, je sais ce que je fais. Tu sais, il va falloir qu'on apprenne à se connaître toi et moi.

J'ai traversé Saint-Georges-de-Didonne. Sans l'écouter. Et une chose était sûre : je ne m'étais pas trompé de route.

*

En éteignant cet étrange GPS – il commençait sérieusement à me taper sur le système – l'idée de départ était de gagner en tranquillité. Au moins jusqu'à Cozes. Le temps que Catherine arrête ses conneries ! Au lieu de ça, mes ennuis n'ont fait qu'empirer.

Juste avant les éclairs, de gros nuages noirs avaient déferlé sur le territoire, recouvrant tout d'une chape de plomb. Je venais tout juste de quitter Saint-Georges et je n'étais pas encore arrivé à Semussac. Les conditions sont devenues si mauvaises et si rapidement, que j'ai à peine eu le temps de réagir. Après quelques gouttes, un déluge d'un coup s'est abattu sur moi. Comme si les cieux s'étaient ouverts. J'ai fait battre mes frêles essuie-glaces à la vitesse maximum, luttant en vain pour balayer l'eau qui déferlait en trombes. La pauvre voiture luttait à peine contre les rideaux de flotte qui s'écrasaient devant moi et massacraient le pare-brise devenu un kaléidoscope de lumières distordues. Le bitume s'est totalement caché sous une couche d'eau boueuse qui s'élevait progressivement. Les pneus de la voiture perdaient toute adhérence et j'ai senti le véhicule glisser, tanguer sous moi, comme un navire pris dans une tempête en haute mer. Paniqué, j'ai stoppé la bagnole comme j'ai pu et j'ai tenté d'en sortir, prêt à affronter l'orage. Mais la force de celui-ci m'a vite fait abandonner l'idée. L'eau s'était foutue partout, transformant mon manteau en une éponge lourde et mon siège en une bâche trempée. J'étais gaugé, comme un goujon. J'ai allumé la radio, cherchant des renseignements, quelque chose à quoi me raccrocher, mais tout ce qui sortait des petits haut-parleurs était le grondement statique de la tempête, une cacophonie sifflante qui s'harmonisait avec les torrents de pluie battant la tôle. L'eau continuait à tomber sans relâche, tambourinant contre le toit, le capot, avant de se précipiter dans le déchaînement des courants qui se formaient de chaque côté de la caisse. Je suis resté collé à ma vitre, regardant la scène avec horreur. Le paysage était devenu méconnaissable, assombri, réduit à un cataclysme et livré aux éclats de la foudre. Tout ce que je pouvais faire, c'était attendre, attendre que ça passe et espérer que le changement de marée apporte des cieux plus clairs.

Pour ne pas crever là.

* * *

[3]

La pochette n'avait rien. Placée dans la boîte à gants, où elle était rentrée en forçant un peu, elle était restée au sec. La situation aurait pu être plus grave ! Très vite, j'ai compris que je m'étais endormi. Et pas qu'un peu, il faisait soleil ! J'ai jeté de nombreux coups d'œil autour de moi, derrière le pare-brise, les vitres, la lunette arrière, checkant l'état de la bagnole, celui de la route, et constatant que la circulation avait repris tout ce qu'il y avait de plus normal. Les voitures passaient dans un sens, dans l'autre, bien sagement, bien alignées, les distances de sécurité, pas plus de quatre-vingt, les deux mains sur le volant, tout ça ! Enfer et damnation, chaos des ténèbres et réprobation éternelle, tout était normal ! C'était quoi ce bordel ?

J'ai rallumé la radio pour choper de l'information, elle fonctionnait beaucoup mieux mais, rien. Et sur mon téléphone, non plus. Pas un message, pas un appel en absence, de SMS pour savoir si j'allais bien, rien, que dalle. Ni de mon boss, ni de la secrétaire. Je pourrais crever la gueule ouverte que ça ne leur agiterait pas un cil ! Pour la livraison, sûr que j'avais pris du retard, mais allez savoir pourquoi, je me fis fort de le rattraper.

Moteur reparti, Catherine rebranchée, ah sa douce voix, j'ai actionné le clignotant et me suis remis en route. Semussac, Cozes, tout roulait, haha, comme sur un tapis roulant. À trois cents mètres tournez à gauche, j'ai tourné à gauche. Au rond-point allez tout droit, j'ai été tout droit. Tout s'accordait ! Je roulais, Catherine me guidait. Et comme il faut avec ça ; travail d'équipe.

À ce rythme-là, le paquet serait bientôt livré.

*

J'ai laissé le village de Cozes sur ma gauche et continué sur la D730 en direction de Bordeaux. Plus loin, un panneau a attiré mon attention, c'était un hameau avec un drôle de nom : "Les Gorces".

— Ça aurait été plus drôle avec un "a" ! ai-je fait. À Catherine.

Un peu d'humour ne pouvait pas nuire.

Elle a pris la balle au bond :

— Dans deux cents mètres, tournez immédiatement à droite ! Route de chez Cramail.

J'ai eu beaucoup de mal à comprendre pourquoi elle voulait me faire dévier de mon axe. C'était la route principale bon sang ! Ça recommençait, elle pétait les plombs.

— Catherine, tu déconnes à plein régime ! Tu le sais ça ?

Aussi, ai-je décidé de poursuivre sur ma lancée. Et passant devant un EHPAD signé d'une gigantesque enseigne "Les Terrasses d'Épargnes", je lui ai dit :

— Tiens, tu vas finir ici !

L'ambiance montait. Mais elle ne lâchait rien :

— Faites demi-tour dès que possible !

Soudain, un mauvais pressentiment et des doutes m'ont assailli. La dernière fois qu'elle m'avait sorti ça, je ne l'avais pas écoutée et bonjour le déluge ! Je crois que j'ai regardé le ciel, de part et d'autre du pare-brise, pas l'ombre d'un nuage.

— Fais demi-tour dès que possible !

Elle me tutoie ou j'ai rêvé ! À ce moment, j'ai pilé en mettant un coup de volant pour ne pas taper la voiture en face, un chat venait de se jeter sous mes roues.

— Le con ! me suis-je écrié.

Queue hérissée, le matou a disparu derrière une clôture d'habitation.

— Fais demi-tour dès que possible !

Et cet abruti, derrière moi, qui klaxonnait maintenant !

— Fais demi-tour dès que possible !
— Oui ! Oui ! hurlais-je.

Quand elle avait une idée dans la tête celle-là !

*

S'il y avait bien une chose difficile à comprendre pour moi, c'était comment des gens trouvaient plaisir à vivre dans un trou pareil. *Route de chez Cramail,* rien que le nom ! Ça sonnait comme un feu de cheminée avec des os humains sur les braises. J'avais fini par l'écouter et, Catherine se taisait à présent. Vieille route sinueuse interminable ! J'ignorais complètement si j'avais bien fait de la suivre. Quand on dévie de sa trajectoire à cause d'un chat qui traverse, ce n'est pas facile d'être un homme de conviction.

Soudain, une forme a retenu mon attention. Au loin. Comme une silhouette. Le genre agréable.

La fille, petite brune, mignonne, fragile... un petit oiseau qu'on a envie de prendre dans le creux de sa main, portait une courte jupe, féminine, des pompes à talon violettes et une veste de cuir rouge. On ne pouvait pas la manquer. Chose étrange, elle était trempée, de la tête aux pieds, et on aurait dit qu'elle grelottait. Ça faisait longtemps qu'il ne pleuvait plus. La route, l'herbe, la végétation autour, partout étaient sèches. Et même moi, qui avais pourtant morflé, je n'avais plus à me plaindre de la moindre trace d'humidité. Ni sur mes fringues, ni sur les sièges. Alors, la curiosité aidant (rien d'autre), lorsque j'ai aperçu son petit pouce tendu au bout de son bras, son joli minois tout suppliant, j'ai fait l'effort de m'arrêter. Elle pouvait se vanter que j'étais quand même sympa celle-là ! Parce que, d'ordinaire, prendre des inconnus en stop, ce n'était pas trop dans mes habitudes.

*

Elle s'appelait Élise.

— Élise comment ? lui ai-je fait.

Élise Beauclair. Elle avait une trentaine d'années.

— C'est-à-dire ? lui ai-je fait.

Trente-trois ans. Ah, quand même. Et elle travaillait dans un EHPAD.

— Lequel ?

C'était bien celui auquel je pensais, Les Terrasses de... machin truc.

La garce des Gorces (humour) n'était pas très causante ; ça m'agaçait d'avoir besoin de lui tirer les vers du nez. Aussi, ai-je entrepris de mettre la clim à fond pour la réveiller un peu. Très vite, ses lèvres sont devenues toutes bleues, ses dents claquaient, ça ressemblait un peu à du cinéma. Il y avait de l'exagération dans l'air ! Bon prince, j'ai stoppé l'air froid. De toute façon, si elle persistait à ne pas être sociable, je la débarquerais et voilà. Elle ne s'en prendrait qu'à elle-même. Le savoir-vivre merde !

— Vous savez, je ne me suis pas arrêté pour faire du sexe avec vous, lui ai-je déclaré pour la rassurer un peu.

Je regardais ses cuisses. Elles étaient fines aux genoux, devenaient généreuses en remontant vers des hanches rebondies, et de surcroît, fermement taillées dans des muscles aux traits parfaitement dessinés. Aucune once de cellulite la donzelle ! Et une peau blanche avec ça ! Et soyeuse. Surtout l'entre cuisse. Jésus-Marie-Joseph qu'elle était belle ! Elle avait sûrement un piercing au nombril me suis-je dit. Plus haut, j'imaginais la présence d'un petit grain de beauté posé quelque part sur ses mamelons tout ronds, tout blancs, tout vigoureux, au bout desquels devaient pointer, bien durs, ses petites tétines couleur framboise. Même un moine bouddhiste se serait violemment jeté sur elle ! On n'a pas idée d'être gaulée comme ça. J'ai accéléré, pour me changer un peu les idées, et relâcher la pression des mâchoires sur les molaires du fond qui commençaient à me faire mal ; prêtes à péter. Convaincu par quelques indices qu'elle ne dirait pas non – elle n'arrêtait pas de se frotter les bras pour faire style j'ai encore froid, réchauffe-moi – j'ai relancé la conversation sans rien laisser paraître. De la dignité en toutes circonstances mon Thibault !

Elle avait un petit ami et apparemment ça se passait bien avec lui. Même sexuellement. Ça sonnait faux. Par contre, elle n'arrêtait pas de ramener la conversation au travail, elle était un peu butée, le front plat comme on dit. Et puis qu'est-ce que ça pouvait lui foutre, ce que je faisais dans la vie ?

Elle était mouillée parce que le jardinier des Terrasses de je ne sais plus quoi – fallait qu'elle parle encore de son lieu de travail, elle m'emmerdait avec ça – avait blagué, lance du Kärcher en main, de la confondre avec une « grosse tache ». Ignorant (évidemment) que sa bagnole serait en panne et qu'elle ne pourrait pas rentrer chez elle pour se mettre au chaud rapidement. Il aurait été désolé ; à ce qui paraît. Moi aussi parce que je m'en cognais un peu de ses blablas interminables. Je n'arrivais pas à me concentrer sur mes projections, d'un tout autre genre. Donc, ce sot de jardinier, pour se faire pardonner, avait regardé sa voiture dont le capot était resté ouvert et sous lequel, apparemment, un fil rouge de la batterie avait été coupé par quelqu'un. Mais ce n'était pas lui, d'après elle. Également, elle m'a confirmé qu'elle avait oublié de fermer sa voiture, et patati, et patata, sur le parking de l'EHPAD, que ça ne risquait rien. Elle me navrait !

— La preuve, lui ai-je fait observer.

Elle ne comprenait rien.

Ensuite, l'arroseur avait insisté pour la raccompagner chez elle. Comme par hasard. Elle était naïve avec ça ! Comme il était en scooter, elle avait préféré faire du stop. Elle n'était peut-être pas si bête que ça finalement. Tandis que je refermais la vitre qu'elle avait pris la liberté d'ouvrir sans rien me demander, soi-disant que l'air était plus chaud dehors, je lui ai posé une question qui allait peut-être nous remettre sur le bon chemin :

— Votre petit copain (voix des beaux jours), il n'a pas pu se libérer pour venir vous chercher ?

— Non justement, m'a-t-elle répondu, avec ses yeux de petite fille sans nourrice, il fait des interrogatoires tout l'après-midi ; la proc veut les procès-verbaux d'audition avant ce soir.

Interrogatoire ? Audition ? proc ? Meeerde ! Elle se foutait peut-être de ma gueule, ceci dit. Dans le doute, j'ai pilé ! Et je l'ai fait descendre. Fallait pas pousser quoi.

Trop bon, trop con.

***

[4]

À bien y réfléchir, Catherine avait un petit quelque chose, du bon sens peut-être, ou de la bienveillance je ne sais pas. Non seulement d'avoir cherché à m'éviter le coup du déluge mais aussi de m'avoir mis sur le chemin de la jeune et belle auto-stoppeuse. Bien sûr, elle ne pouvait pas deviner que c'était une femme de flic. Mais quoi qu'on en dise, toutes ces petites attentions, elles étaient bien là. J'aurais été borgne de ne pas le voir !

— Tu serais-t-y pas un peu envoûtée toi ? lui ai-je demandé.

Ma bienfaitrice se taisait. Ah... pudeur féminine. D'ailleurs, une autre surprise arrivait. Mais à ce stade, comment aurais-je pu m'en douter ?

J'ai passé le hameau de Soulignac, à la sortie duquel se dressaient, tels des gardiens du temps, des platanes, des trembles et même des pins aux branches tortueuses et nouées.

Catherine, tout à coup a repris du service :

— Prends à droite, Chemin du Puy Gaudin, puis tourne à droite, Route du Calvaire.

Ça y est, me suis-je dit, ça recommence ! En tournant à droite, je m'écartais à nouveau de mon trajet. Sacré Cathou, qu'est-ce qui m'attendait ce coup-ci, haha. J'ai donc tourné à droite, comme elle me l'avait indiqué, roulé quelques centaines de mètres, puis encore à droite, sur plusieurs kilomètres. Au loin j'ai vu défiler un clocher, c'était l'église d'Épargnes. Catherine me faisait revenir sur mes pas nom de Dieu ! Comment voulais-tu que j'atteigne ma destination, à peine avançais-je, elle me faisait rebrousser chemin.

— Tu avaances ou tu recuuules, comment veeux-tuu, comment veuux-tu que... humour ! Bon Cathou, tu as de la chance d'être un GPS, tu le sais ça ?

Cathou se taisait (elle devait rougir). Et là, sur qui tombais-je ? Encore elle ! De l'autre côté du pare-brise, Élise... bidule me fixait droit dans les yeux. La jeune créature me semblait encore plus belle. Et sèche. Ses habits aussi. Si sèche, que ses cheveux ondulaient sous l'effet d'une légère bise qui devait lui lécher le visage et toutes les parties découvertes de son épiderme que j'imaginais un peu sucré et délicatement parfumé, d'un air de prairie ou quelque chose comme ça. Sans m'en apercevoir vraiment, ma langue n'arrêtait pas de sortir, rentrer, ressortir, mouillant mes lèvres. Bien moins que j'aurais voulu mouiller les siennes. Dieu du ciel ! Elle et moi, ici : un miracle ! concluais-je en écartant tout raisonnement superflu qui aurait ouvert la voie à l'insupportable altération de la magie de l'instant. Ah la délectation ! Réunis par les liens sacrés du destin.

J'ai ouvert ma vitre.

Et j'ai sorti un peu la tête pour lui parler :

— C'est pas ce que tu crois !

Brutalement, une bagnole est passée, manquant l'écraser. À deux doigts ! Pour un peu j'étais témoin d'un homicide. Sans même pouvoir prétendre au statut de veuf.

— Ça va ? lui ai-je fait.

Imperturbable, il faut croire que j'avais été le seul à m'inquiéter, elle m'a répondu un peu à côté :

— C'est pas ce que je crois quoi ?

— T'as vu ce chauffard, il a failli te renverser !

Nul doute qu'elle s'en foutait...

— C'est pas ce que je crois quoi ? a-t-elle répété comme une machine.

— Je ne veux pas que tu croies que c'est moi qui ai eu l'idée de revenir, monte je vais t'expliquer.

Une autre bagnole est arrivée. C'était l'autoroute A6 un quinze août ici, ou quoi !

Le mec au volant et sa femme, à côté, m'ont lancé des regards insistants avec une tête à attendre que je fasse un mea culpa.

— Ils veulent ma photo ? les deux pécores !

Alors, Élise a laissé échapper un rire, le genre fulgurant, qui vous tire des émotions inconnues et inexplicables du bide. J'ai cru ressentir mille coups de trompettes dans la poitrine.

— Monte ! lui ai-je répété.

Elle s'est exécutée et, une fois assise, m'a jeté des regards et des sourires hypocritement gênés. Je n'ai pu m'empêcher de diriger mes yeux une nouvelle fois sur ses cuisses, ni de remonter lentement le long de son corps, en m'arrêtant sur son ventre légèrement découvert, puis sur sa poitrine où je fis une longue pause, et comme ça jusqu'au visage, jusqu'à ce que nos regards se croisent et se fixent. Thibault, mon Thibault, tu peux me croire, aujourd'hui c'est ton jour ! Haha ! Le canon assis à côté de toi, c'est pour toi mon grand !

— Merci ma petite Cathou...
— Hein ? a fait Élise.

Zut, l'avais-je dit à voix haute ?

*

Nous avons traversé Épargnes et longé la D245, elle-même parallèle à la route de Bordeaux, plus loin sur notre gauche. J'expliquais à Élise le coup du GPS, afin qu'elle comprenne que tout ce qui allait lui arriver dorénavant ne serait absolument pas de ma faute et qu'il n'y aurait rien de prémédité. Elle se montrait très compréhensive et m'a même remercié de lui parler ainsi pour la préserver de tout commencement d'inquiétude. La délicieuse créature s'ouvrait, se confiait à moi, tout devenait fluide, c'était... comment ils disent les neuneus ? Comme une évidence.

Élise vivait à une dizaine de kilomètres, à Mortagne-sur-Gironde. Avec son flic de compagnie. Lui, n'avait pas fait beaucoup d'études, alors elle s'emmerdait un peu, surtout lorsqu'il s'agissait de partager des activités culturelles, des conversations ou des occupations autres que la Playstation. Elle aurait voulu qu'il la fasse rêver davantage, qu'il l'emmène dans une crêperie, au moins une fois dans sa vie, au lieu de leur faire livrer des pizzas un jour sur deux ! Elle aimait les fleurs, il préférait les armes ; son métier à elle c'était d'aider des personnes fragiles, lui, le sien c'était de les arrêter ; elle voulait de la tendresse, des câlins, il préférait l'attacher pour la sauter sauvagement. C'était cela, sa façon de l'aimer.

Pauvre petite, me suis-je dit.

— Vous avez des enfants, ai-je demandé ?

— Non, il n'en veut pas, a-t-elle répondu sèchement.

Puis :

— Et ça tombe bien...

— C'est-à-dire "ça tombe bien" ?

— Je préfère ne pas en avoir en fait, je ne suis pas tranquille... elle soufflait... Lui-même est né d'une relation incestueuse, voyez ?

— Non, je ne vois pas, ai-je maugréé avec une grossière pointe de sincérité.

— Disons qu'il appelle sa sœur Maman.

— Ah oui, quand même !

— Ben oui, elle releva la tête vers moi. Elle n'arrêtait pas de se toucher les cheveux, de les remuer.

— Bon bref, si on a des enfants ensemble ça va devenir compliqué, vous comprenez ?

— Heu... À peu près, ai-je répondu (mais très machinalement).

— Vous comprenez ou pas ! s'amusait-elle.

Alors, je me suis demandé si je ne préférais pas quand elle se taisait, finalement.

— Affirmatif, concluais-je.
— Aaah nooon, a-t-elle raillé - quoi encore ! - vous parlez comme lui !

*

Une heure s'était écoulée. Un panneau à l'entrée de la zone de civilisation indiquait « Mortagne-sur-Gironde ». Il était temps, car je n'en pouvais plus. Catherine m'avait joué un sale coup en fait.

Élise continuait de me guider jusque chez elle.

— Tu es sûre qu'il n'est pas là ! l'ai-je haranguée ? Je ne veux pas d'emmerdes moi...

— Non, m'a-t-elle assuré (sans plus de précision).

Nous arrivions. Comme elle ouvrait la portière, je lui ai saisi le bras, je voulais peut-être la toucher encore une fois, probablement la dernière. Du moins me le jurais-je.

— Hé, dis ? Pas un mot, je compte sur toi, promis ? ai-je fait sans la lâcher.

— T'inquiète pas comme ça - elle devait croire que ça m'amusait - au pire s'il s'en rend compte je lui mentirai, je dirai que je n'étais pas d'accord.

— Pas d'accord ? Qu'est-ce que tu racontes nom de Dieu !

Mais une voix l'a appelée, on aurait dit un animal, un ours, un truc comme ça.

Ses yeux se sont écarquillés.

— C'est lui ! Va-t'en !

Derrière le portail, qui commençait à s'entrouvrir, la voix s'est rapprochée. Il y avait de l'électricité dans l'air.

— C'est qui cette bagnole ? ai-je distinctement entendu.

La voix chantait comme un chœur de glaires prisonnières d'un cancer du larynx.

Sans attendre de voir la tronche du flic, j'ai démarré en trombe, faisant claquer la portière, et j'ai commencé à zigzaguer tout ce que je pouvais zigzaguer dans la largeur de la route.

Mes plaques !

Il ne fallait surtout pas qu'il lise mes plaques.

* * *

[5]

Le problème avec la précipitation, c'est qu'elle rajoute toujours un peu de densité aux emmerdes d'où elle puise ses origines.

Car en brûlant le stop du bout de la rue, qui représentait sûrement la dernière menace sérieuse d'identification de mon véhicule, je n'ai rien fait de moins que de provoquer un carton avec la seule bagnole garée dans sa perpendiculaire (à sens unique). Celle-ci, en effet, n'offrait aucune visibilité derrière l'angle d'une saloperie de mur dont j'avais imaginé impensable que l'on y puisse stationner.

En tout cas, pas si près.

L'intérieur de la voiture était jonché de débris de verre provenant de ma vitre, qui avait explosé sous l'effet du choc. Et vu le bordel du fracas, la distance à peine parcourue depuis le portail d'Élise, sûr que je serais incessamment rattrapé par le consanguin à la voix tuméfiée.

Évidemment, ça n'a pas loupé.

Ça gueulait.

Et ça se rapprochait.

*

Je décidais de ne pas faire de constat sur place et décanillais fissa, les yeux jonglant du pare-brise aux rétros. Je priais de n'y voir surgir aucune âme. J'ai roulé comme ça, une roue sur la jante, plusieurs kilomètres, en faisant toujours gaffe de ne pas être suivi. Puis, dès que j'ai pu, je me suis arrêté dans un coin tranquille à l'abri des regards.

À l'avant, l'aile gauche avait été complètement enfoncée, le phare était brisé, le pneu de la roue crevé, des fissures serpentaient à travers le plastique du pare-chocs. Sur la portière conducteur, marquée d'éraflures et de bosses, le rétroviseur avait été arraché ; une espèce de vilain câble le retenait pendouillant.

Après ce rapide état des lieux, je me suis mis en quête de trouver un garage ouvert dans le patelin suivant. Avec du bol, il n'y aurait qu'à réparer la roue et refixer le rétro pour pouvoir repartir. Pour la vitre, un peu de plexiglas ferait l'affaire.

Ils auraient bien ça.

* * *

[6]

Au fond de la pièce se trouvait un imposant bureau.

En ébène.

Poli.

Un meuble robuste et froid, à l'image de l'homme qui l'occupait. Conçu pour symboliser le pouvoir, affirmer la domination. Des piles de contrats attendaient dessus, près d'un stylo en or, posé avec son capuchon ouvert sur un sous-main en peau de serpent. À côté, un large coffre-fort, intégré dans le mur, suggérait la présence d'affaires et de fonds secrets. D'ailleurs, signe que le business tournait, la pièce montrait une interminable baie vitrée qui dominait la ville, offrant une vue imprenable sur un lointain où se fondaient l'Atlantique et l'Estuaire ; ce couple à qui la région devait probablement tout. Bijou d'une valeur inestimable, un phare en pleine mer perçait cet horizon, c'était Cordouan. « Le Versailles des mers ! » aurait dit un Charentais.

Assis derrière son bureau, Armand Cassagne s'agaçait après son directeur des ressources humaines :

— Bon ! Alexandre, permettez que je vous appelle Alexandre ?

— Bien sûr Monsieur Cassagne, répondit le subordonné.

— Parfait, donc c'est bien joli tout ça, Lefèvre, vos théories, sur les autorités qui veulent lutter contre le harcèlement au travail, mais j'en ai rien foutre, vous me suivez ?

— Oui Monsieur, bien sûr.

— Ça va, pas la peine de me fourrer le cul, je vous demande juste de me trouver des solutions, et au lieu de ça, vous me proposez quoi ? Hein !

— Des textes de Loi, Monsieur...

— Mais non, argh, sa gorge racla des sons à la manière d'une roue de camion dans un baquet de gravier, vous m'emmerdez Lefèvre, vous m'emmerdez sévère.

— Je comprends Monsieur Cassagne, je suis désolé, vraiment...

— Votre langue Lefèvre, sortez-moi ça !

— Mais Monsieur, je...

— Stop, chut. Je vais vous apprendre votre métier. Le risque psychosocial, le bien-être physique et psychique des employés, tout ça, c'est du flan en poudre, vous comprenez ? Du flan déshydraté qu'ils nous pondent ça pour nous faire postillonner dessus et en faire une substance flasque et molle qu'on va s'étouffer avec, tellement c'est imbouffable ! Votre Thibault Lemoine là, c'est vous qui l'avez recruté je vous rappelle ! avec vos conneries de pourcentage d'handicapés dans les effectifs, que vous vous croyez à la Croix-Rouge ou au Secours Catholique. Bon, alors maintenant vous allez me faire le plaisir de nous en débarrasser ! ou c'est vous qui allez vous retrouver à livrer de la pochette-surprise à l'autre bout de la France, c'est compris ?

— Dans le Lot-et-Garonne, Monsieur...

— Oui, bon c'est pareil. Ne m'interrompez plus. D'ailleurs, à partir de maintenant, vous allez faire ce que je vous dis.

— Oui Monsieur le Président-Directeur Général, mais vous n'ignorez pas que nous avons un problème de pénurie de vendeurs itinéra...

— Il n'y a pas de « mais » ! Quand vous dites « mais » ça veut dire que vous êtes en train de réfléchir ! et ce n'est pas le moment de réfléchir justement, fallait le faire avant ! Bon, allez-y, notez : en un, vous allez le surcharger de travail, exiger de lui des résultats exceptionnels dans des délais irréalistes, d'accord, chut, laissez-moi finir, vous n'aurez qu'à trouver des justifications professionnelles. En deux, vous allez vous servir de l'évaluation annuelle qui arrive ce mois-ci pour lui pourrir le moral, le noter de manière sévère, en mettant ses erreurs en évidence et surtout, sans lui parler de ses réalisations. Du coup, il n'aura pas sa prime, haha, excellent. En trois, vous allez l'isoler socialement ; ça c'est bon ça. Vous organiserez les réunions importantes systématiquement en dehors de ses heures de travail ou quand vous l'aurez envoyé livrer des paquets vides à Pétaouchnok. Puis, vous vérifierez qu'il soit bien au fait de tout ce qui se dit durant ces réunions, c'est à lui de se tenir informé, et dès qu'il passera à côté de quelque chose, vous l'allumerez. En quatre, vous organiserez des petites réunions exprès pour lui, pour compenser ses manques, très tôt le matin et très tard le soir. Ça l'obligera à modifier et adapter son emploi du temps lui-même. Vous en profiterez pour claironner sur tous les toits que malgré tout ce que vous faites pour lui il n'y arrive pas, et vous transférerez une partie de son travail à ses collègues, qui en auront vite marre vous verrez, ça marchera. Haha, du grand art Lefèvre !

Quelqu'un frappa à la lourde porte, on aurait cru des doigts fragiles. C'était la secrétaire. Armand Cassagne lui hurla d'entrer, trois fois, de plus en plus fort, en faisant remarquer au pauvre Lefèvre qu'elle aussi c'est lui qui l'avait recrutée.

La fille apparut dans l'entrebâillement de la porte, elle semblait troublée. Cassagne ne tarda pas à la faire parler. Mais il hurlait si fort, qu'elle eut comme des tremblements.

— J'ai eu un appel de Monsieur Lemoine, balbutia-t-elle en se tordant les doigts, il avait vraiment une voix bizarre, rajouta-t-elle sans respirer, il a insisté pour que je vous dise qu'il avait pris un peu de retard à cause de la tempête qui aurait abîmé la voiture de service, mais que tout allait bien désormais, qu'il avait fait le nécessaire dans un petit garage à Saint-Fort-sur-Gironde et qu'il allait pouvoir reprendre la route pour progresser vers la cible... elle marqua un blanc, puis : ah oui ! sans utiliser les données mobiles de son portable ni passer par l'autoroute, conformément aux exigences de la situation qui...

— Bon, ça va ! l'interrompit Cassagne.
Avant de la faire ressortir.
Sans plus de ménagement que ça.
Puis, pointant du doigt Lefèvre :
— Voyez ! Tempête... données mobiles... il faut faire quelque chose là ! On ne peut plus attendre. Je l'envoie à Volo-sur-Vauvert et il trouve encore le moyen de déconner à plein régime !
Alexandre Lefèvre acquiesça.

* * *

[7]

Le garagiste avait été super sympa. OK. Mais quel mou ! La nuit allait bientôt se pointer maintenant ! Pour autant, pas question d'abandonner. Je n'allais pas prendre une piaule d'hôtel ici quand même ! Heureusement, Cassagne était prévenu, c'était le plus important. J'avais fait les choses correctement. Oh ça oui. Et au moins ça me couvrait en partie. Ça pouvait arriver quoi. Il comprendrait, me rassurais-je.

J'ai quitté la sombre cour en terre battue avec cette vacherie de bagnole rafistolée de bout en bout. Et aussi (comme ça en en passant), j'ai avisé Catherine que ce n'était plus le moment de me faire chier. Elle a dû percuter car il m'a semblé qu'elle m'indiquait de tourner à gauche avec une voix plus douce que d'habitude. Et elle ne me tutoyait plus. Je crois maintenant qu'elle avait compris ce qu'il me fallait : un peu de douceur et de respect. Je repensais déjà à mon auto-stoppeuse.

— Élise, Élise, répétais-je.

Ça me la jouait mélancolie, avec des palpitations qui revenaient dans ma poitrine.

Elle n'était pas bien nette, aucun doute là-dessus, son mec encore moins, mais à la vérité, quel corps elle avait ! Elle me manquait déjà.

— T'es trop sensible Thibault, m'avouais-je.

Alors, me ressaisissant, j'ai actionné le clignotant gauche, mais un millionième de seconde l'idée de tourner à droite pour tenter de la retrouver m'a traversé l'esprit. Son doux visage m'apparaissait dans le reflet du pare-brise. Elle souriait avec ses belles dents blanches ceignant sa jolie langue toute rose. Rose comme un bonbon qu'on a envie de sucer. Ça me rappelait aussi la Dame Blanche que je prenais quelquefois en stop, plus jeune, quand j'habitais dans le Morvan. Déjà à l'époque, personne ne me croyait. Sauf ma femme. Enfin mon ex. La Dame Blanche était belle. Et mince. Et en plus, elle sentait bon. Les femmes sont jalouses entre elles. Je peux vous dire que j'en avais fait les frais !

Bref, l'ambiance était mélancolique.

Raisonnable et, tout à fait maître de moi-même, tout dans le contrôle, j'allais pour tourner à gauche lorsqu'un bruit de ses morts a claqué sur le capot de la bagnole ! Comme si un chêne s'était abattu dessus.

Au lieu de l'arbre en question, j'ai vu apparaître son fruit ! L'apprenti du garage, quel gland !

Moi, j'ai fait quoi ? J'ai klaxonné !

Il hurlait :

— Emmenez-moi !

L'emmener ?

— Emmenez-moi, répétait-il, sortez-moi de là, je vous en supplie.

C'était un jeune boutonneux, aux cheveux roux et au regard bleu perçant. Il ressemblait à un chanteur punk d'un groupe londonien des années

70. Suffisamment en retard comme ça, j'ai accéléré, pensant que le drôle se décalerait ! Pensez-vous ! Le bordel toi ! Que dalle ! Il ne bougeait pas ce morveux. Alors je lui ai roulé dessus, presque malgré moi, qu'est-ce que je pouvais faire ? J'ai été surpris, c'est vrai quoi, comment aurais-je pu prévoir qu'il n'aurait pas le réflexe de se pousser ?

Après, il m'a un peu peiné ce bourricot. Probablement à cause de ses cris.

Bon prince, je l'ai aidé à se relever puis je l'ai installé sur la banquette arrière de la voiture. Il avait mal aux jambes, je me suis dit qu'il pourrait les étendre et se relaxer un peu. Le fin mot de l'histoire, c'était qu'ayant entendu que je voulais me rendre à Villeneuve-sur-Lot, il s'était mis en tête que je pourrais l'y emmener. Sa mère vivait là-bas et il ne l'avait pas vue depuis plusieurs mois. Peut-être un bon gamin, en fait.

Il m'a raconté qu'il s'appelait Jules et qu'il avait seize ans, il démarrait sa première année d'apprentissage pour passer un diplôme de CAP en mécanique générale. Le patron du garage, selon lui – car en ce qui me concerne il m'avait quand même bien dépanné – était un salop, le faisant travailler comme un forçat et l'obligeant à faire certaines choses. Comme il était ami avec son père, Jules se sentait coincé dans cette situation.

— Certaines choses ? lui ai-je demandé.

C'était bizarre son bazar là. Un peu comme son parlé d'ailleurs :

— Vas-y, t'sais quoi, il veut que je balaye, que je fasse les vitres, les toilettes, tous ces trucs là... ch'ui pas son larbin moi !

— Mais non jeune homme, haha, il était naïf le drôle, c'est normal de participer aux tâches de nettoyage du garage !

Personnellement je n'ai pas d'enfants, mais sur le coup je m'étais laissé croire qu'avec un peu de pédagogie je pourrais peut-être en éduquer un.

Il m'a vite fait comprendre que c'était exactement ce dont il avait besoin (un peu d'instruction).

— Naan, sauf que là c'est chez lui ! Il veut que je fasse le ménage chez lui ! La maison qu'est là, juste derrière, regaaarde, me montrait-il en faisant des traces sur la vitre arrière avec la pulpe de son index.

— Je vois, lui ai-je répondu sur un ton patient, dans tous les métiers on est parfois confrontés à des choses de ce métier qui n'ont pas toujours un rapport direct avec le métier en question même si on croyait le métier en question aussi chouette que le métier qu'on veut faire plus tard, tu comprends ?

— Non, a répliqué le trou de cul.

En définitive, il m'énervait déjà. Je tentais une dernière explication. S'il venait à s'entêter, je le dégagerais de la caisse. Je peux être gentil mais... pas me prendre pour l'autre là... Les Choristes.

— Bon, je te donne un exemple qui m'est arrivé il n'y a pas très longtemps. Tu ne le sais pas mais, moi, je travaille pour une grande société de cybersécurité...

— Classe, m'a-t-il interrompu.

— Oui oui, mais laisse-moi finir, l'ai-je sommé, eh bien l'autre jour, sur l'autoroute, j'ai été poursuivi par des Japonais dans une voiture invisible pilotée par satellite !

— Classe, répétait le péteux... Sérieux ?

— Tout à fait sérieux fiston ! Et franchement, dis-moi, tu crois que c'est mon métier d'être poursuivi de la sorte, hein ? De rouler à plus de deux cent pour semer des Japonais, hein ? Tu crois que c'est mon rôle peut-être ?

— Et vous les avez semés du coup ? s'intéressait-il.

Il marquait des points.

— Du tout lui ai-je répondu. Tu vois le petit papier là (doigt) ?

— Non m'sieur c'est trop sombre vu d'ici (la nuit tombait).

— Attends, j'allume regarde...

J'ai allumé le plafonnier pour lui faire la lecture à voix haute :

— Données mobiles interdites.

— Ah, et c'est quoi le rapport ?

— Bonne question mon garçon, le rapport c'est que les données mobiles de mon téléphone leur donnaient ma position en temps réel. Et depuis, grâce à ma mésaventure, toutes les voitures de services de ma société ont ce petit papier collé sur la console de leur tableau de bord. Eh oui, c'est Monsieur Armand Cassagne, le PDG de ma société, qui l'a décidé, et c'est grâce à moi tu vois. Pourtant c'était pas ma mission.

— Et vous vous en êtes sorti du coup ?

— Heu, oui. Mais c'est compliqué, je ne préfère pas en parler d'autant que...

— Allez ! m'a coupé ce petit curieux.

Ah, la jeunesse insouciante. Je décidais de lui répondre quand même :

— J'avais fini par me stationner sur une aire d'autoroute bondée. Et pendant qu'ils m'attendaient devant l'entrée, je me suis tiré de l'autre côté, vers l'aire de repos des camions. Là, un des routiers qui avait compris ma situation m'a planqué dans sa cabine et bye-bye les espions Japonais.

— Mais elle est complètement moisie votre histoire !

— Écoute-moi bien jeune imbécile, mon histoire elle est authentique ! Tu as compris ?

Il a acquiescé.

Je décidais de poursuivre son éducation :

— Je veux bien t'accompagner à Villeneuve-sur-Lot, parce que je n'ai pas envie que tu dises que je veux t'empêcher de retrouver ta mère, mais je te préviens : tu te tais, pendant tout le trajet, tu te tais. C'est compris ?

Il a de nouveau acquiescé. C'est bon ça rentrait...

Nous nous sommes donc mis en route.

***

[8]

Catherine causait, nous l'écoutions.
Surtout moi.
Parfois elle semblait se contredire, nous faisait tourner en rond. Moi, je savais qu'elle réagissait ainsi pour nous préserver de toutes sortes de dangers insoupçonnables, mais le jeune, lui (pouvant difficilement comprendre le pourquoi du comment), a accusé le GPS d'être complètement détraqué. Alors, pour le rassurer – il souffrait déjà assez comme ça – je lui ai confié tout ce que Catherine faisait pour moi. Littéralement scotché, Jules a plongé dans un bouillon de remue-méninges d'où émergeaient quantité d'hypothèses absurdes. Il a d'abord cru que le GPS était hanté. Il me racontait avoir vu un film avec son père dans lequel une voiture rouge tuait ses passagers, elle avait un prénom qui ressemblait à Catherine, mais il ne se souvenait plus lequel. Lorsque je lui ai fait remarquer que dans mon histoire – qui soit dit en passant n'était pas une fiction ni un divertissement cinématographique – il s'agissait de bienveillance et rien d'autre, mon Monsieur je sais tout national, pas foutu de se pousser de l'avant d'une voiture qui démarre, a bifurqué à cent quatre-vingts degrés sur une autre explication. Cet imbécile, qui n'allait pas tarder à descendre de mon véhicule (il ne s'en prendrait qu'à lui-même), a commencé à inventer

que ça pouvait aussi venir de moi ! Réagissant instantanément à sa crise de delirium tremens, j'avais stoppé le véhicule pour le chasser ! Mais le bon sens lui était (in extremis) revenu. Saloperie de fumeur de joint, il m'avait bien gonflé le merdeux ! Se ressaisissant, il a ensuite imaginé la possibilité d'un coup monté de la part de mon employeur. Quant à moi, lucide sur le rôle et la place que j'avais dans cette société, je lui ai assuré que mon PDG, Armand, avait trop besoin de mes services pour faire une bêtise pareille.

— Vous êtes un peu comme son bras droit, si je comprends bien, a fait observer le jeune.

Quand il voulait, il comprenait bien !

— Ou alors c'est le hasard, rien de plus, a-t-il rajouté (comme si c'était plus fort que lui).

Ah quel abruti celui-là ! Tu m'étonnes qu'elle s'était barrée sa mère ! Un rejeton pareil, il avait sûrement été bercé près d'un mur. Heureusement, Catherine nous a coupés en pleine polémique, le préservant d'une fin tragique. Il y a un Dieu pour les imbéciles.

— Dans deux cents mètres, tournez à droite !

Sa voix m'a paru moins douce. Quelque chose se passait.

J'ai roulé encore plusieurs secondes, puis :

— Tourne immédiatement à droite !

À ce moment, je me suis dit que ça devait être vraiment important ! En général quand elle me tutoie... En plus la rue était en sens interdit ! Faisant taire le jeune, j'ai pris quelques secondes pour réfléchir. Puis, j'ai convenu, bien sûr, qu'il valait mieux écouter ma protectrice. Je me suis alors engagé dans la rue. En me retournant pour regarder si nous étions suivis, j'ai remarqué que mon parasite venait de s'endormir. Un peu de répit. Mais un étrange sentiment commençait à m'envahir. J'ai d'abord cru à l'inquiétude de transgresser le Code de la route. Car rouler en sens interdit, contrairement à une idée reçue, car on me l'avait déjà reproché au travail (plusieurs fois), ne me réjouissait pas tant que ça. Pourtant, je devais faire confiance à Catherine. Je le sentais. Il le fallait. Rapidement, j'ai pu constater que la rue avait été remontée sans la moindre difficulté. Nous la quittions, elle et son sens interdit. Tout allait bien, d'ailleurs, en l'absence de nouvelles consignes, j'ai ensuite poursuivi tout droit, un long moment, peinard, en parfaite légalité. Jusqu'à ce qu'un nouvel ordre soit lancé ! Prendre un nouveau sens interdit ! Et puis un autre ! Et encore un autre !

— Mais merdeuuu ! Catherine ? ! me désespérais-je, souffrant d'ignorer les causes d'un tel bordel !

Brusquement, une lueur jaillissait de mon esprit : con de môme !

Alors je l'ai réveillé (en pleins ronflements) :

— Jules ! Les Japonais sont de retour ! Est-ce que tu as un téléphone avec toi ?

Il a ouvert un œil :

— Évidemment, a-t-il répondu.

— Putain d'abruti ! laissais-je échapper, à tous les coups tu as laissé les données mobiles connectées !

Il a vérifié.

Et là devinez quoi ? C'était le cas !

— Coupe-moi ça immédiatement, lui hurlais-je.

Il l'a fait, bien entendu.

Catherine continuait de nous protéger, tourne à droite ! tourne à gauche ! nous faisant prendre toutes les rues en sens interdit pour semer nos poursuivants. Sacré Catherine.

— Tu vois, ai-je fait au blanc-bec, Catherine est vivante, elle nous protège toi et...

Mais à peine allais-je finir ma phrase, qu'une bagnole s'est engagée en face de nous. Stoppés net ! Elle, elle était dans le bon sens de la rue. Instantanément, des lumières bleues ont jailli de celle-ci.

— Les flics ! me suis-je écrié.

Impossible de faire marche arrière, les Japonais et leur voiture invisible étaient derrière, collés à nous, et nous bloquaient. J'étais fait ! Comme un rat. Pour un peu, la flicaille était de mèche avec eux.

Je me souviens avoir dit au jeune :

— Je te conseille de te barrer et de courir de toutes tes forces.

Mais à peine essayait-il de bouger les jambes, les douleurs le reprenaient ; ainsi que de petites jérémiades : aïe aïe aïe.

Catherine a recausé :

— Fais demi-tour Thibaut ! Dès que possible !
— Si elle dit ça, c'est parce que les Japonais sont partis ! m'exclamais-je.

Je me suis retourné, le bras en appui sur le siège passager, et j'ai entrepris la plus belle marche arrière de tous les temps. Jules me souriait, bon gamin, ai-je pensé. Mais la voiture aux lumières bleues nous a suivis. Lentement certes, mais sûrement.

J'ai accéléré, pied au plancher, le moteur hurlait ses morts – je l'entends encore – et par chance nous ne percutions rien d'invisible, ni véhicule, ni espion. Les Japonais étaient vraiment partis ! Alléluia, hosanna et viva la cucaracha ! Malheureusement, d'autres phares ont encore surgi, dans la lunette arrière du véhicule cette fois. Et au-dessus de leurs lumières aveuglantes, encore des lumières bleues tourbillonnantes. Damned. Cette fois c'était sûr : fini la promenade. Ya no puede caminar.

*

Le problème avec les gendarmes, c'est qu'ils ont souvent une idée derrière la tête. Mais ils ne savent pas engager une conversation sans tourner autour du pot :
— Bonjour.
Jusque-là tout va bien.
Puis ça se complique :
— Gendarmerie Nationale.
Soit ils pensent que je pourrais être suffisamment bête pour n'avoir pas remarqué à qui j'avais

affaire, soit ils n'en reviennent toujours pas d'avoir réussi le concours.

Vient le moment de sortir le fameux jingle appris par cœur durant leurs deux années de formation à Rochefort :

— Permis de conduire, carte grise, assurance.

Si l'ordre diffère, ne pas s'inquiéter, c'est sûrement un stagiaire, il lui faut juste un peu de temps, rien de grave.

En présence d'un spécialiste, il y aura toujours une question sur la vue :

— Vous avez pas vu le sens interdit ?

Et peut-être même sur le sens de l'orientation :

— Vous allez où comme ça ?

— Au sud, lui ai-je répondu.

La suite s'est avérée tout bonnement navrante :

— Monsieur le gendarme, si j'ai pris le sens interdit c'est pour des questions de sécurité, nous sommes poursuivis par des Japonais.

— Des Japonais ? a fait le moustachu au regard noir.

Je m'enfonçais :

— Oui, mais là ils sont partis.

Lui :

— Sauf que depuis tout à l'heure, nous, c'est que vous ! qu'on vous voit, Monsieur.

— C'est normal nom de Dieu ! me suis-je écrié, ils sont invisibles ces cons !

L'autre avait du mal suivre :

— Monsieur, s'il vous plaît, vous êtes en train de nous dire que vous étez poursuivi par des Japonais qui sont été dans un véhicule invisible ?

— Oui, invisible ! ai-je insisté. Demandez au jeune assis sur la banquette arrière si vous ne me croyez pas.

— Il n'y a pas de jeune, Monsieur.

J'ai regardé à mon tour.

Le petit Jules était parti.

Le lâche !

— Écoutez, je vous en supplie, ai-je alors imploré, vous allez comprendre, je suis en mission secrète pour une grande entreprise de cybersécurité. Voyez, ici, dans cette boîte à gants...

J'allais ouvrir celle-ci pour en extraire l'enveloppe, lorsque la flipette a sorti le flingue de son étui afin de me mettre en joue !

Un autre a ouvert ma portière.

Un troisième m'a tenu les bras.

Une quatrième (mon Dieu qu'elle était belle) est passée par la portière passager pour ouvrir la boîte à gants et vérifier son contenu.

Bien sûr l'enveloppe y était.

La gendarmette, probablement amatrice d'uniformes, a saisi celle-ci, puis elle l'a sentie, et tripotée, avec beaucoup de méfiance. D'un ton incroyablement masculin elle a ensuite appelé un cinquième gendarme à qui elle a demandé de faire analyser l'objet. Ils me prenaient pour James Bond ou quoi !

— Une boîte de cybersécurité ? a fait celui qui me bloquait les bras par les poignets. On aurait dit la voix du portail quand j'avais déposé l'autre chez elle. Tu parles d'une poisse. En plus, une haleine pareille, il avait dû manger un kebab ce salop.

— Pas une boîte, lui ai-je rétorqué un brin déçu par son comportement, une entreprise, merci.

— C'est marqué Glaces Miko sur votre voiture. Bon, vous avez pris des sens interdits, vous arrêtez votre baratin et vous assumez, croyez pas ? Vous êtes représentant et vous avez bu c'est ça ?

Putain mais pour qui il se prenait de jouer le mentalist ce bouffeur d'oignons !

— Moi boire ! me suis-je indigné en le fixant dans les yeux avec la fierté d'un honnête citoyen, mais pas du tout enfin !

Alors que j'argumentais il bougeait son nez dans tous les sens. Cette manie qu'ils avaient de vouloir tout flairer ! Je décidais d'envoyer encore un peu de vent au *Louis Baptiste GRENOUILLE*[1] de service :

— Et les sens interdits, c'est Catherine qui m'a dit de les prendre ! Pour semer les Japonais, mais vous refusez de me croire !

— Catherine ? a-t-il répété.

— Oui Catherine ! Regardez le GPS là, je lui ai fait signe avec les yeux, pour qu'il voie où c'était.

Enfin, il a percuté. Du moins, à moitié :

— Je ne vois pas de GPS Monsieur.

Surpris, j'ai regardé... Il avait raison !

---

[1] Le Parfum, Patrick Süskind.

L'autre prenait la confiance :

— Vous voulez peut-être parler du GPS dans votre téléphone c'est ça ?

— Ben non, lui ai-je répondu instantanément pour qu'il comprenne que je ne construisais pas mes réponses, regardez l'étiquette là, je pointais le doigt, "Données mobiles interdites", voyez ?

— Il n'y a pas d'étiquette Monsieur.

À ce moment, je me suis senti arraché à mon siège, brutalement éjecté de la bagnole, et plaqué au sol, comme un vilain, un menteur, la tronche écrasée contre le gravier du bitume.

— Votre véhicule ! il est accidenté Monsieur, c'est arrivé comment ?

Enfer et damnation, un Japonais sous la bagnole me fixait droit dans les yeux ! Ils étaient de mèche ! Je le savais en plus !

Le faux gendarme, ce traître, a poursuivi le protocole de déstabilisation engagé :

— Des témoins vous ont vu parler tout seul devant le portail d'une maison, d'où vous vous êtes enfui sans aucune raison et en provoquant une collision avec un véhicule stationné dans une rue voisine. Alors qu'est-ce qui s'est passé ? Répondez !

— Mais pas du tout ! hurlais-je, en voyant le Japonais se mettre un doigt sur la bouche pour me faire signe de me taire, c'est Élise, l'auto-stoppeuse, que j'ai déposée devant chez elle ! Après son mec a commencé à me foncer dessus en hurlant ! J'ai eu peur, et je suis parti voilà tout.

— Monsieur, maintenant on va vous relever et vous amener avec nous, ai-je entendu... loin, comme si la voix s'éloignait.

— Mais où ça ? me suis-je inquiété en remarquant que le Japonais sous la voiture s'était volatilisé.

— À la gendarmerie, Monsieur, pour vous poser quelques questions et éclaircir tout ça calmement. Attention, on va vous lever... Ça va, on y va ?

— Vous travaillez pour les Japonais, c'est ça ? ne démordais-je pas afin qu'ils pigent que je gardais le contrôle mental.

Gestion du stress, sang-froid.

Je me suis souvenu alors que j'avais un flingue dans le revers de mon manteau. Je prenais toujours cette précaution depuis que les Japonais m'avaient poursuivi. Par chance, les gendarmes avaient oublié de me palper. Les amateurs ! En me dépêchant un peu, comme aux entraînements, j'avais une chance d'être plus rapide qu'eux. J'ai saisi le flingue en à peine une fraction de seconde. Un pro.

Et je me suis apprêté à tirer, lorsque...

***

[9]

— Lorsque quoi ? me fait le DRH.

Je lui réponds :

— À votre avis Alexandre ! Vous permettez que je vous appelle Alexandre ? Haha ! Allons, C'est tout de même évident non ?

Je vois bien à sa grimace qu'il fait tout un cinéma pour essayer de me faire croire le contraire. Il me fait venir à pas d'heure, alors que je devrais déjà être chez moi, soi-disant pour une histoire de lancement de produit, alors qu'on ne fait que parler de ma dernière opé, et tout ça pourquoi ? Il ne comprend rien ! Qu'il est bête ce Lefèvre. Mais où est-ce qu'Armand a été déniché un quichon pareil !

Ah ? Attention... Ça y est ! Il va parler :

— Euh, pas tant que ça justement, geint-il, car vous n'aviez pas de révolver en réalité ; par contre une obligation de soin : ça oui. D'ailleurs, ce n'est pas la première fois qu'on vous le...

— Et pour ma prime ! que je le coupe (on ne va pas y passer la soirée), ça se passe comment maintenant ? Hein ! Ma prime ? Je vais l'avoir quand ? Parce qu'on est déjà le 5 du mois, mine de rien !

Il acquiesce. Évidemment...

Et puis quoi ? Il croit que j'ai que ça à faire ?

* * *

Le Ventilateur

Tous, à l'exception du capitaine, s'étaient plaints de la chaleur qui régnait fort en cette journée d'été ; même dans le carré, le ventre du voilier. On finissait de déjeuner, le café venait d'être servi et le calva embaumait l'espace, allégeant déjà les esprits amollis. Un soleil de plomb écrasait le port, les terrasses, les allées, les quais et les pontons, ainsi que leurs bateaux agglutinés en grappes. Le capitaine Alain, suant tout ce qu'il pouvait, se tenait droit debout, près de la table à cartes, ferrant l'attention de ses invités qu'il savait ramener à lui, comme si elle eut été accrochée au fil d'un moulinet.

— La chaleur ! mes amis, on s'y fait. Ah ça oui ! On s'y fait, croyez-moi.

Personne ne comprenait ; on attendait la suite. Car on le connaissait bien, le bonhomme, ce vieux loup de mer ! ici à Meschers, fallait-il qu'il jacasse comme il naviguait : il ne pouvait jamais s'empêcher de louvoyer[2] ! Cependant, il faut bien l'admettre, ses récits portaient souvent d'affreuses vérités. Alors on l'écoutait. Et on le traitait comme ces vénérables vieillards qui racontent en d'interminables introductions toutes sortes d'aventures ennuyeuses à mourir mais dont les chutes *ressuscitantes* ont

---

[2] Louvoyer, c'est naviguer en zigzag contre le vent.

toujours une petite note comique ou tragique à délivrer. Il faut dire aussi qu'il était grand et doté d'une voix forte qui pouvait couvrir d'une ou plusieurs octaves, plus graves, la plupart des déclarations masculines ; tout ça faisait qu'il rencontrait peu de difficultés à se faire écouter.

— Regardez ! rajoutait-il avec de grands gestes, regardez toutes ces choses qu'on trouve ici, regardez leur couleur : il y a du bleu, de l'orange, parfois du jaune, rarement du vert, mais du rouge : non ! Car voyez-vous, le rouge sur un bateau, c'est le début des ennuis !

— Mais cet extincteur est rouge ! fit Edwige Granville en désignant l'objet régle-mentaire fixé près de la soute à moteur.

— Et vous avez indubitablement raison, ma chère, lui répondit aussi sec le capitaine, mais je n'ai pas tort non plus de dire que ça attire les pires calamités, car s'il n'avait pas été là, vous vous seriez tue.

Des rires d'hommes s'ensuivirent.

Désavouée, par chaque âme en présence, son propre mari ! la pauvre femme marqua un léger retrait de la tête ; son corps protestait. Mais sa langue ne remua plus. Et une rougeur se propagea sur toutes les zones où les veines affleuraient la surface de sa peau : les joues, le front, les oreilles et le cou. Elle flamboyait ! Cependant qu'aux seules fins d'éviter une opération imminente de la cataracte, il la quittait des yeux, le vieux se dépêcha de poursuivre :

— Ce voilier, voyez-vous, je l'ai acheté il y a presque trente ans ! Et figurez-vous qu'en trente-cinq ans je n'y ai jamais souffert de chaleur comme j'en souffris l'été dernier.

— Mais enfin ! Quoi ! C'est trente, ou trente-cinq ans ! Tâchez d'être cohérent au moins ! explosa Dame Granville.

— Cohérent, je le suis ! chère amie, répondit le mis en cause, regardant tout le monde sauf elle ; ces mâts ! levant le doigt, j'ai ralingué, bordé, choqué dessous ! Ce pont ! j'ai chassé, hissé, affalé dessus ! Cinq années durant, avant de les racheter à leur propriétaire vieillissant, le capitaine Carper ; paix à son âme...

Fermant les yeux, il rentra le menton comme pour se recueillir. Mais à la vérité, il suppliait dans sa détresse intime le ciel d'intercéder pour que la Granville retrouve le plus vite possible sa pâleur naturelle.

La femme se tut définitivement. Pas un grand malheur. S'il avait fallu rapprocher sa voix à un instrument de musique, l'on aurait opté à coup sûr pour une trompette de poche tenue par un enfant de cinq ans. Quant à l'ordonnancement traditionnel des notes, généralement respectueux des cycles *ton, ton, demi-ton,* il ne fallait même pas y songer ; mais plutôt une cacophonie de dièses entre les *Fa* et les *Si*.

— Voyons, fit le mari Granville, s'adressant à elle, le Capitaine Alain n'est ni menteur ni homme à parler à la légère.

— Encore heureux ! déclama ce dernier en craignant des reprises de feu sur le visage de son invitée, car mentir ! voyez-vous ! c'est éventrer soi-même ! les voiles de son âme !

Pendant que les autres réfléchissaient, il développa :

— Donc, souffrant d'une atroce chaleur, disais-je, vous m'écoutez ? je me renseignai sur les climatiseurs et finissai par opter pour un appareil à récupération d'eau par condensation. Mais je n'en trouvai pas. Car l'idée était bonne, d'autres l'avaient eue avant moi. Bref, je me rabattis sur un ventilateur, il n'y en avait plus non plus, hormis un seul, probablement le dernier de la ville, mais ses pâles étaient rouges ! Et rouge, pour un marin, c'est teinte de mauvais augure ! Croyez-moi ! Bon ! Craignant la chaleur je décidai de rompre avec la superstition, me convainquant, comme je le pouvais, des nombreux avantages de ce qui m'apparut alors comme une indispensable acquisition. Et je l'achetai, comme un imbécile ; et quand je dis comme un imbécile ! vous allez voir pourquoi je n'exagère pas !

Vidant son verre d'un trait, qu'il reposa d'un claquement sec sur le coffre de la quille relevable, le conteur, ruisselant de transpiration, poursuivit :

— Sitôt l'eus-je ramené à bord de l'Aurora, je le branchai et obtins enfin de l'air frais ; là-dessus, rien d'étonnant ! Cependant ! les semaines qui suivirent, ce diable de ventilateur remua de l'air d'une bien étrange façon ! Un genre à tout me foutre en l'air si j'ose dire ! Car, apporter la malchance comme il l'apporta, attirer le malheur comme il l'attira, c'était comme si j'avais passé mon temps à marcher sur les ombres là-haut sur le pont, à me peigner et me couper les ongles à bord, à crier au vent, siffler dans le carré, embarquer les fleurs, les bananes, le persil, mentionner les lapins, partir un vendredi, après avoir grimpé sur le bateau du pied gauche, boire du lait aussi, pourquoi pas manger de la viande rouge, que sais-je ! serrant le poing, tout ça à la fois nom de nom ! qu'il leva. Moi qui n'avais jamais manqué de cracher dans l'océan avant chaque navigation !

Il alla pour cracher, puis se retint, mordant son énorme poing, qu'il n'avait pas desserré.

— Et pour quoi ? ! Rien ! Une poisse pareille ! Ça te vient des enfers par-dessous les fonds de l'océan ! à te déchaîner les vents comme des hurlements de Satan, la mer pareille à ses sangs, et à t'envoyer du grain pire que s'il te le crachait lui-même dans la gueule !

D'un geste doux, le mari Granville défit quatre ou cinq feuilles sur un rouleau d'essuie-tout. Et les tendit de manière hésitante au capitaine. Sa femme soupirait, détournant le regard vers le beau-frère Étienne, qu'un sourire béat ne quittait plus ; ni le morceau de pain qu'il triturait dans sa main.

Le vieil Alain, ayant pris le papier absorbant (sans se faire prier), s'essuya le front, et les yeux, le cou. Monsieur Granville commençait à défaire d'autres feuilles.

— Mais attendez de voir la suite ! insista le discoureur, finissant de s'éponger.

Un masque d'affliction recouvrait son visage ; pas question de laisser retomber l'attention... Mais la Granville croisait les bras, roulait les yeux de manière répétée en dodelinant la tête.

Alors, il déroula :

— Car la poisse, mes amis, ça existe, ah ça oui ! Je ne vous parlerai pas de ces petites choses agaçantes qui apparurent alors, et qu'il m'aurait été difficile de louper, tant elles se répétaient et s'accumulaient. Glisser sur le pont, même par temps sec ; perdre mon téléphone dans l'eau en grimpant à bord, alors qu'il sonne ! les clefs de la maison en descendant ; renverser tout le paquet de riz, le café, me cogner la tête parce que ça tangue à chaque fois que je me baisse pour ramasser quelque chose ; encaisser les pannes à répétition, la pompe à eau qui me lâche à 20 milles des côtes par 36 degrés sous le bimini, le frigo ensuite, le central électrique, et un fusible par ci, et un autre par là, une fois : tous à la fois, en pleine nuit bien sûr, et en pleine mer tant qu'à faire ; perdre la glacière contenant le peu de bouffe qui me reste dans l'eau, car le bateau avait empanné au moment où je m'apprêtais à l'ouvrir ; devoir gratter ces fichues huîtres qui se foutent sur ma ligne d'arbre d'hélice, qu'on dirait qu'elles se sont donné le mot ; ôter les algues dans le réservoir qui me coupent l'alimentation du moteur... quand j'en ai le plus le besoin ! Bref, rien que du pénible, de l'incident malchanceux, de la guigne comme on dit ! Enfin, petite guigne ! De la guignelette ! Mais rien encore du grand-livre de la mésaventure, de la matrice du désastre ou du genre de la malédiction. Pour parler simplement, malheureusement, jusqu'ici tout allait bien ! Car le pire arrivait ! Vous allez comprendre !

Cependant, Edwige Granville à présent secouait la tête, toussait ou s'éclaircissait la gorge, mais elle le faisait en même temps. Le causeur n'y prêta guère attention, parlant plus fort, les jugulaires gonflées, nettes et violettes.

— Vous allez comprendre, affirmait-il, ce qu'est la tragédie de la mer ! La misère du marin ! Désolation, Détresse, Douleur, voilà comment qu'elles s'appelaient les pales de c'te machine infernale de ventilateur du mal ! Il y en aurait eu quatre qu'on aurait dit les cavaliers de l'apocalypse ! Sauf qu'avec une de plus, je serais déjà mort, bel et bien mort, j'en suis sûr ! Comme les trois autres...

— Enfin ! le coupa le mari Granville, qu'est-ce donc que cette histoire !

Sa femme, agacée, d'un mouvement de main lui commanda de ne pas perdre son temps avec des questions. Mais le troisième, Étienne, le beau-frère de Madame, ne put retenir davantage son trouble, parlant à son tour. Le débit rapide :

— Vous voulez dire que des gens seraient morts à cause d'un ventilateur ?

— Non mon cher ! Je veux dire que des gens sont morts à cause de "Mon" ventilateur ! Mon ventilateur aux pales rouges !

La Miss désormais tapotait la table du carré avec ses gros doigts. Le capitaine enchaînait :

— Avec trois voileux copains les miens, tous d'ici, du ponton L, Mathias le pêcheur, qu'on surnomme le Beau-Bar, tellement il en raconte sur ses prises soi-disant extraordinaires ; l'Anglais, comment il s'appelle déjà... Christopher ! et Christian que vous connaissez sûrement, ce pleutre qu'on appelle l'Esturgeon de l'Estuaire, parce qu'à chaque fois qu'il revient de mer, c'est-à-dire jamais, vu qu'il ne sort pas de l'estuaire, il nous pond des conneries plus grosses qu'un esturgeon de l'embouchure ! Donc, vous disais-je l'an dernier, attendez... cherchant, comme si un gros effort mental était en cours, on devait être fin septembre ! Oui c'est ça septembre ! C'est bien simple ! on sortait du mois d'août...

Les têtes se tournèrent les unes vers les autres. Et l'on se regarda.

Le capitaine, lui, s'enfonçait toujours plus :

— Il y a encore du beau temps en septembre ! clama-t-il d'une voix de colère. Attendez ! Écoutez-moi ! Vous allez comprendre, que je vous dis ! Nous décidâmes d'aller mouiller la quillette du côté de La Rochelle ; dix heures de navigation, cinq jours d'escale, encore dix heures pour rentrer ! Une semaine de vacances dédiée au Grand Pavois, vous connaissez ! ses yeux d'un coup pétillèrent, le salon nautique pour milliardaires ! Haha ! Ça épate un marin de l'estuaire comme Chambord un fermier du Berry, haha ! Bref ! Attendez ! J'ai pas fini ! mais sa colère revint, vous allez comprendre ! Je vérifiai mes équipements, les batteries, tout le bordel, on fit le plein de tout, les réservoirs, le frigo, les glacières, tout ça, et à la marée descendante, nous larguâmes les amarres. La météo prévoyait des conditions plutôt clémentes, mer peu agitée, des rafales à guère plus de 25... Et l'on eut des conditions clémentes ! Ah ça oui ! Mais jusqu'à La Palmyre ! Car dès qu'on eut passé La Chaise, bien après Cordouan, puis La Coubre, juste avant le banc de la Mauvaise, tiens comme par hasard ! un front froid débarqua d'un coup, les températures dégringolèrent foutrement, puis une pluie glaciale s'abattit sur nous ; et des vents... de plus en plus forts ! Des fichus grains toujours plus rapprochés ! Le ciel s'était assombri définitivement et des flashs lumineux commençaient à se propager au-dessus de nos têtes. Saloperie de zone estuaire ! Il y fait bon quand ils annoncent le mauvais et pourri quand ils parlent de beau !

— Moi je regarde toujours Météoconsult et je croise avec Météo France, lança Étienne, en compactant la mie de pain sous son index, comme ça je suis sûr !

— Tu as aussi Météo Ciel qu'est pas mal ! rajouta son frère.

Le vieil Alain haussa les épaules, s'empara de la bouteille et tomba cul sec le calva restant.

— Si vous m'interrompez tout le temps ! s'exaspéra-t-il...

Avant de lâcher un rot triomphal...

Les autres se turent.

La Miss adressa un sourire oblique à son mari, n'oubliant pas le beau-frère, un genre qui voulait dire « bien fait ! »

Le capitaine enchaîna :

— Alors que nous allions demander refuge au port de Bonne Anse, le temps de voir comment tout ce merdier allait évoluer, nous reçûmes un appel de détresse sur la VHF ; c'était Marco et Marie du Boréalis. Ils avaient eu la même idée que nous de faire le Grand Pavois et suivaient notre cap à un ou deux milles parallèles. Leur safran avait pété ; même que je les avais prévenus pendant des mois que c'était la maladie des Fantasio ! Mais penses-tu ! Ils voulaient un bateau avec tout le confort, ben ils l'ont eu ! Bref, le CROSS[3] émettant de vives inquiétudes sur les possibilités d'une intervention rapide, car l'hélico était déjà pris sur autre mission de sauvetage, on décide d'aller à leur rencontre pour les récupérer sur Aurora. On attendrait les secours ensemble et puis voilà !

— Mais quelle adversité ! lança le beau-frère d'Edwige en se couvrant le visage avec la main, vous couriez droit à la catastrophe !

— Attendez ! En mer, une tuile n'arrive jamais seule, tout marin le sait ; mais quand la poisse s'y met que je vous dis ! Bon ! Donc ! L'Esturgeon

---

[3] Le CROSS, c'est le Centre Régional Opérationnel de Surveillance et de Sauvetage en mer.

commence à reprendre le Génois[4], le Mathias et l'Anglais s'affairent aux ris[5], et moi à la barre je relance le moteur pour sortir de la cape, casser la vague et réduire la gîte qu'on puisse remonter ce fichu vent de Nord-Ouest ! Cap sur le Boréalis. Je vous passe les détails des conditions de navigation : vous balancerez un bouchon dans vos chiottes et vous tirerez la chasse, ça vous donnera une idée. En définitive, la seule chose qui nous rassurait c'était que les secours finiraient bien par se pointer et qu'avec un peu de chance ils seraient là avant qu'on se fasse dessaler[6]. L'on parvint enfin à les rejoindre ; heureux qu'ils avaient affalé les voiles et jeté l'ancre flottante, ça n'avait peut-être pas empêché la houle de les essorer mais ça avait au moins limité leur dérive. Alors, tentant de nous rapprocher à couple, l'Aurora, battu par les vagues, heurta l'ancre sur leur étrave. Un trou large comme ma main au-dessus de ma ligne de flottaison ! Une voie d'eau dans la cabine de proue ! Non, mais attendez, vous allez voir ! J'allais pour passer la barre à l'Esturgeon et aller voir les dégâts à l'avant du bateau quand l'attache de mon gilet de sauvetage se prit dans la ligne de percussion du radeau de survie. En me relevant, paf ! le canot qui se déclenche et me pète

---

[4] Voile à l'avant du bateau.

[5] Prendre un ris, ou deux ris, c'est réduire la grand-voile.

[6] Chavirer.

à la gueule avec le banc de poupe où nous étions assis ; Mathias et l'Esturgeon à l'eau ! Moi, projeté, puis glissant : ping ! la tête la première sur le chariot d'écoute ! Complètement sonné ! Le bordel toi ! Le bateau qui se met à empanner ! L'Anglais qui s'était précipité pour repêcher les deux autres avec la ligne de survie se prend la bôme de plein fouet qui le projette à la maille lui aussi ! Des cris ! Le vent qui hurle, le bateau qui gîte dans tous les sens ! Je reprends mes esprits et j'essaie de me relever mais je suis tout désorienté, du sang, partout du sang, j'ai mal, je me touche, et je sens comme un creux de la taille d'une noix au-dessus de mon arcade sourcilière, ça me coule dans l'œil. Je parviens à me hisser jusqu'à la filière, qui me retient, mais c'est trop tard, les copains apparaissent, disparaissent, réapparaissent, les vagues les entraînent dans une danse macabre comme si la mort les tirait par les pieds pour les emporter dans l'abîme jusqu'aux ultimes profondeurs ! Toutes les nuits j'entends leurs cris...

— Cette histoire est horrible déclara Étienne, comment se fait-il que nous n'en ayons jamais entendu parler ?

— Si, si, répondit son frère, j'avais lu un article dans le journal. Mais j'étais loin de m'imaginer que ça concernait notre bon Alain.

Ce dernier hochait la tête, serrait la mâchoire et les lèvres. Il se rassit, et rentra le cou. On lui voyait une tignasse grise et dense, étonnamment dense pour son âge ; comme si le vent, le sel, et l'iode avaient quelques bienfaits secrets pour les cheveux de ceux qui parcourent les océans. Il parlait maintenant d'une voix de conclusion :

— Lorsqu'on ramena l'Aurora, sur la zone technique, ce n'était plus le même bateau. Le gréement était salement endommagé, une flèche de mat avait été brisée, des haubans arrachés, les voiles déchirées, et l'intérieur était littéralement sens dessus dessous. Chose étrange, seul le ventilateur n'avait pas bougé ; il était resté à la même place. Là, ici (geste). Alors pour la première fois je remarquais la marque de la maudite chose. Et un souvenir glaçant me revint, une publicité, ça disait le nom de la marque et : « au-delà de la vie, l'amour », et il y avait des images de spermatozoïdes défilant sur un fond rose dans un écran TV. D'un coup, comme une fulgurance, je me suis souvenu que ce fabricant de téléviseurs était aussi un fabricant de mines antipersonnel dans les années quatre-vingt. Des mines sur lesquelles des mômes, des femmes, des pères de famille se faisaient sauter les jambes un peu partout dans le monde où les guerres frappaient les populations. Un soir, j'ai brûlé l'objet de malheur sur un rocher, derrière la digue. Ensuite, j'ai attendu qu'il refroidisse, je l'ai ramené sur le chemin et j'ai roulé dessus plusieurs fois avec mon vieux camion. Enfin, je l'ai balancé dans une église. Ne me demandez pas laquelle, ni pourquoi j'ai fait cela, car je n'en sais rien. Tout ce que je sais, c'est que depuis, je me fous complètement des températures.

Une voix de crécelle déchira l'atmosphère, imprimant une façon d'étonnement à la face du capitaine, aussitôt transmuée en moue catastrophée, c'était Granville, elle s'était levée, bondissante, du feu sortait de ses yeux et... elle était redevenue rouge, rouge, rouge comme une écrevisse !

— Oui mais nous ! Nous, Capitaine ! hurlait-elle, nous ! Nous, nous n'y sommes pour rien ! Vous pourriez penser aux autres un peu ! Moi je dis qu'il aurait été bien utile ce ventilateur aujourd'hui.

* * *